穿上人字拖

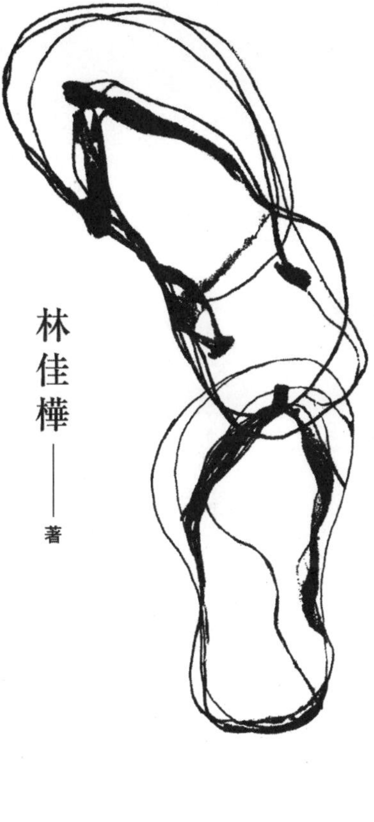

林佳樺——著

推薦序——

我終究可以自在移動

中央大學中國文學系副教授　李欣倫

這是一本敘說移動的故事，起初艱難、最終瀟灑的穿行。

像個導覽員，林佳樺領我們穿過並不如煙的往事，逆著時間軸，回到了練習說話、性別認同模糊的時刻；返回屋簷下風涼或晴朗、沉默或喧囂的片刻。移動到更年期撞青春期的母女；遠赴藏人艱難偷渡至印度、撐持教法的血淚史。遊走於歷史扉頁，也穿移在山海、人事間。

我們與作者一同立在從羅東開往台北的搖晃區間車上，聽聞賣菜婦人討生活的故事，悲憫勞動者求活的苦楚；也隨著教師甄試的考生拖拉著行李箱流浪他方，該是負重而行、充滿挑戰的闖關歷程，卻也獲得「彼此都是刮痕斑斑，時常錯覺是它在拉著我」（〈滾輪〉）的體悟。

豐富而飽滿地，在路上。

這本書的三個輯名，皆一致指向了《穿上人字拖》的核心：「夾縫處」、「啪噠啪噠地行走」和「裸露的趾肉」，同時又變化出「穿上人字拖」的不同歷程與姿態。「夾縫處」寫身體和成長過程中的微恙和陷落，像是口吃（〈長短句〉）、暈車症（〈狐狸走的路〉）、矮個子（〈牆上的樹〉），身心夾擊逼人惱人，但時間流逝與人事變化卻帶來觀念上的鬆動，夾縫冒出新芽，撞（穿？）牆後竟迎來開闊視野：口吃的女兒和失能的母親重新學習說話，彼此陪伴，相互打氣；即使因矮個子在職場上屢屢受挫，但「矮」也帶來了「愛」的契機，這是嬌小舞者用身體改寫宿命帶來的啟發。

轉念創造新／心路，成長過程處處凹陷與險窪，反倒成為作者迎向社會，能夠「啪噠啪噠地行走」的腿力。相較於展現專業職場女性形象的高跟鞋，穿上人字拖自帶閒散自在，兩雙鞋的換穿間，林佳樺讀出深意，「與其說人字拖要撐起我，不如說是我在學習要怎麼與它互動、磨合。」身體與人字拖平衡的力學，象徵個體與外境的磨合，職場女性如何在符合社會期待的同時，爭取遊走、溢出常軌（通常伴隨著小小悅樂）的可能性。

從鞋、腳折射出閃閃哲思的，還有輯三中的〈足相〉，作者發現經年累月穿高跟鞋，造成足部弓起、腳趾變形，但當她「為雙腳扣上刑具，頂著高蹺時，在外人面前仍是嘴角上揚，不清楚這是職場上賦予我的期待、或是我給自己套了名之為『美』的枷鎖？」不只是穿鞋，作者從穿鞋的體感照見社會框架與自我認同間的衝突，從一般被人忽視的足底，提出既深邃又接地氣的課題。

修剪、整飭自身雜蕪以迎合他人、回應社會的思索，也隨著不同情境的移動而深化，例如作者從整治白水木，聯想到對女兒的教／放養，回看自己從宜蘭到台北的移動和定居，也是「與外在人事慢慢磨合時修掉許多歧出枝枒及邊角」的過程，然而，穿行世間，植物蓬勃的野性似乎暗示著：「會不會狂放也是生命的本質之一呢？」（〈遠距種樹〉）狂放本質如同穿上人字拖的裸露趾肉，不該被囿限，這是植物教我們的事。

於是我們跟著林佳樺一起敞開，「裸露趾肉」。輯三中收錄的篇章，作者細數了疤痕的美麗與哀愁，領讀者掏空隨身包、翻開內裡；敘說減重的掙扎與歡欣，無論面對身體或物件，皆可見理想目標與現實資源的落差。經歷了挫敗與失落，作者仍以輕快靈光，帶讀者飛越生命中的沉重，於是最終「心下有塊地方似乎鬆了些，也許再歷經一段時日，我也可以自在地移動了」。（〈包袱〉）

捧讀《穿上人字拖》，隨作者流暢又細膩的敘述，我也卸下了多重身分的包袱，悄悄為生命穿上隱形人字拖，啪嗒啪嗒行走在生命的明處與幽谷，勝景與廢墟。「我」（將自己代入此書第一人稱「我」的讀者們）終究可以，自在移動。

推薦序——

瑩亮的珍珠

作家　盛浩偉

讀林佳樺的散文，經常深感「驚」「喜」——一則以驚，一則以喜。

驚的是，她究竟承受過多少生命中難以承受之重？從輯一〈牆上的樹〉提到身形矮小帶來的外貌焦慮，乃至許多身心實質的病症，諸如口吃、地中海型貧血、不孕、腫瘤，甚至還有罕見的恐扣症（Koumpounophobia）等，這些動搖著「存在」的不安因子，光是想像就令人懼怕。除了生理上肩負的課題，在個人之外，比如幼年未受到完備照料、家中傳統重男輕女的氛圍、求學階段必須自力更生，或是未果的戀情等等，從家庭到人際，也處處是挑戰。這些文字縱使未經渲染，讀來也足夠令人怵目，只覺得，生而為人如此不易，身為女人則又加倍不易。

但有多麼驚，就有多麼喜。整本集子，我竟是愈讀愈慢、愈讀愈細，漸漸有種捨不得掩卷的感受。這當然不是出於獵奇或沉迷於痛苦，《穿上人字拖》也意不在此；相反地，書寫痛苦，是為了面對、為了接受，為了呈現生命的本來面目。這是衡量一個創作者成熟與否的關鍵，只因展演痛苦太容易獲得注目或憐惜，扮演受害者也是通往道德高地的捷徑，一不小心，書寫可能就少了自持。但林佳樺顯然極有意識，文字一貫清麗細膩而不賣弄，態度上也舉重若輕，不控訴抨擊，不仇恨怨懟，既誠實直抒自己的感受，卻又能換位思考兼顧他人立場。沒有一定閱歷，不可能抵達這種境界。

閱歷也是這本集子的看點。曾經聽過幾位排斥散文的讀者說：之所以不愛散文，是由於好像都只是望向作者身邊事、看作者自說自話，遂有局限與淺薄瑣碎之感；這個見解某種程度上準確，卻不是散文文體的特性所致，而是取決於作者的眼界及其關懷。現代都市生活常使人經驗匱乏，於是從自身出發的散文也難免有點自我中心的味道；《穿上人字拖》則從自我的特質、興趣，寫到家族、父母、女兒、學生等等與他人的應對，此外，也回望幼年兒時經歷，更一路省視如今已屆中年的生命情狀，既有共時的琳琅，也有歷時的縱深。

文中言及之事，無論喜悲，皆顯得飽滿立體，圓潤可觀，彷彿透著瑩亮的珍珠。是了，珍珠——這是閱讀時強烈浮現於腦海的意象。時光激流淩厲沖刷，難免在肉身遺留礫石雜質。有人心心念念將之祛除或刻意忽略；有人僅是樂於展示破損與傷痕，也有人則練就包覆雜質的智慧，將之化為珍珠。林佳樺無疑屬於最後者。這是整本書最令人「喜」之處，也是身為創作者最最獨特與寶貴的能力了。

推薦序——

狐狸的道路

逢甲大學中國文學系教授　張瑞芬

看林佳樺《穿上人字拖》初稿時，剛好讀完廖玉蕙《希望能做一樣的夢》，心想同是女性視角，煙火人間，同樣揭露大量生活細節，二者究竟有什麼不同？後來似乎找到答案——廖玉蕙筆下呈現的是一個熱鬧精彩、應對機靈的可控世界，朋友家人三觀皆正，無可懷疑，而林佳樺筆下事物則像人字拖在灰撲撲地上磨蹭，帶著很大的不確定。她不憚於露出自己的軟弱，卻不顯浮誇，一筆一筆，耐心地用瑣碎細節堆疊出生活的厚度，恬恬食三碗公半。

她不是賣慘，而是真慘。《穿上人字拖》延續《當時小明月》、《守宮在唱歌》的混亂失控，啥子歹事都能遇上那種妝髮凌亂感，讀來格外解氣。不孕、腫瘤、口吃、老花、矮小體弱、求職艱辛、遇上恐怖情人、女兒脊柱側彎。有一雙見不得人的腳還要戴踝鍊與小花貼紙，多方操勞還做光療指甲，見鈕扣就恐慌，邊減肥邊吃花鳥川檸檬千層，老花眼藏都藏不住，夾腳拖穿上講台萬般不自在。微近中年，要老不老；人間路，夾縫行走；人字拖的破舊，腳掌的塵土……都是生命的痕跡。

出道甚晚卻佳作頻頻，五年三本散文集，質量俱優。林佳樺的散文寫生活，卻不至於揭露太多家人隱私，這份拿捏不容易。她筆下彷彿有寫不盡的有情之事，寫作猶如將一件件古玉掘出地表並珍之愛之。她不寫大人物或標榜什麼女性家族或鄉土，多寫不起眼小事，但那背後的人與時代氛圍活靈活現，像阿盛南台灣的煙火醬菜，乞食寮舊事，空氣裡淡淡古樸幽香。林佳樺《當時小明月》裡宜蘭外公外婆家中藥店的墨賊仔骨，《穿上人字拖》中宜蘭鄉下老人視台北如「天頂」的心理距離：「山路毋是予人行个，是予『厚利』（hôo-lî，狐狸台語）行个……」這「通天」之路，摻上一點聊齋鬼魅的野火，外婆會刻意壓低嗓音形容九彎十八拐北宜公路的詭異，地上撒滿亮晃晃冥紙，那是現實與幽冥的交界，會讓人氣虛體衰，行經此處務必心存正念，熬過這關，才有資格踏入坪林，而坪林，離天頂（台北）就不遠了。

狐狸的道路，道阻且長，去台北念大學的時髦孫女的破洞牛仔褲加耳環蔻丹，想必在外婆心中算是狐狸心（泛指不正事物）加狐狸路，既有賊心，又有賊膽。輯一「夾縫處」〈狐狸走的路〉這段崎嶇山路連接了三代人的感情，也是傳統與叛逆兩頭的拉扯。幼年是鄉下老鼠進城，因地中海型貧血隨父驅車走山路北上就醫，樹影幢幢，陰森鬼魅；大學青春返家，北宜已通車，父母一邊擔心她困守鄉下，一邊擔心她走得太遠；如今呼嘯而過的重機車隊（山道猴子）取代了坪林番薯籤、炸溪蝦、茶葉蛋，孩子隨老師走北宜去宜蘭參加夏令營，作者竟擔心脫口而出「北宜是狐狸走的」。原來外婆的警告背後是父母不欲孩子離家的憂心。一條路，三代情，時空跨接，這種架構也用在輯一〈雨鄉符〉、輯二〈肩上的擔子〉與〈門閂外〉。

〈肩上的擔子〉的切入角度很特別，寫一群清晨五點車站卑微的身影，賣菜老婦們用扁擔或板車挑菜從宜蘭搭區間車到台北，日復一日賺取微薄收入，打盹的身影、純樸的笑容，肩上彷彿駝著一整個家。回程穿過長長的隧道，看到龜山島就知該下車了。作者自己也是眾生一隅，她北上求學、返鄉探親，無數次來回於北台與宜蘭之間，倥傯奔忙於月台，偶聞一賣菜聾啞老婦在龜山車站跨越鐵軌時不幸被輾斃，地瓜葉、白蘿蔔散落一地，天地不仁，自己也在父病與職場的火宅裡煎熬著各種未知。收束處輕盈落筆，餘味悠悠，「台北、蘭陽兩地頻繁來去的人們如同那隻龜，肩駝重殼靜靜地背著，殼上寫著家，或者，遠方。」

你發現她的淚不多，眼耳鼻舌身自有一番面對，這種克制使文字得到一種平和遠意。即使〈雨鄉符〉講到早年洪水覆村的慘劇，或三星老屋破敗成廢墟的土角厝〈門閂外〉，都沒有引發家族歷史雄圖或悲涼，只透過嬸嬸們抬眼一看：「第七个查某囡仔。」一邊晾曬鹹菜乾邊遞來一塊草仔粿。那寧謐生機，就在微風吹來、竹叢窸窣作響、門閂咿咿呀呀間，彷彿說著：「有人來了。」同樣在〈翻越一座山〉裡，寫十二歲翻越喜馬拉雅山、冒死從西藏流亡到印度的久美格西，即使再也無法回到故鄉，平和也大於憤激。作者一己的患病心境比起那整族人的流離苦痛，簡直連個小土坡也算不上。

此生誰料，心在天山，身老滄洲。凡身肉胎，被人字細帶套住的足掌，能走到多遠的地方？林佳樺穿越《當時小明月》的殘缺童年，《守宮在唱歌》繼續女身病苦，安然地受著，求孕艱辛，中年患病，兒女奔忙，新作《穿上人字拖》多著墨於職場人生路，解散了體系，放下了技法，是侘寂，也是殘缺之美。書首序言〈夾縫行走〉就開宗明義，人字拖又稱夾腳拖，露出的腳肉彷彿無法完全隱藏的自我，啪達啪噠的行走聲如同摩斯密碼，這人字細帶的極簡造型，隱隱藏著「人」的難處，也處處是飛脫和堅持的角力。

「人」的難處，無往而不在。《穿上人字拖》大致是童年、職場與人生路的混剪，素質齊整，多篇得過文學獎。身為高中國文老師，國台混搭，能放能收（這點和廖玉蕙有得拚）。例如通篇台語的〈漁火〉，講「蹦火仔」這種古老捕魚技法，寫得聲色俱美，如同海上花火。〈牆上的樹〉講一百五十三公分的身高令人絕倒。有道是「爹矮、矮一個，娘矮、矮一窩」，面對女兒「矮子冬瓜」一窩矮的無解困境，母親自嘲「無高个人看起來較少歲」，用我們南部人阿盛老師的話就是「咱是小粒籽啦」。打人，依手勢輕重還分「ㄇㄠ」「ㄎㄚˋ」「ㄙㄧㄢˋ」「ㄆㄚˋ」「ㄉㄧㄞ」，這你可就得看〈認聲〉自個兒演練了。

有些散文讓你有「沒完沒了」的疲憊，讀《穿上人字拖》卻一路是「還有啥好玩」的期待。輯一「夾縫處」〈認聲〉寫童年學台語；〈長短句〉幼年口吃，如今陪母親做語言復健；〈牆上的樹〉是小隻女報考公職的窘境。輯二「啪噠啪噠地行走」〈穿上人字拖〉、〈滾輪〉、〈月亮的孩子〉講流浪教師奔波面試與教學生涯，輯三「裸露的趾肉」〈足相〉、〈那一葉〉、〈包袱〉、〈指衣〉看似生活的殘渣碎屑，從刺青與妊娠紋、足底按摩與隨身包，指甲油到恐扣症。〈老花園〉和〈子宮耳朵〉，一路精彩紛呈。

狐狸的道路，道阻且長，生活往往遠看是喜劇，近看是悲劇。〈子宮耳朵〉寫到樓上惡鄰半夜噪音擾鄰，多次陳情無效，一日突然安靜下來，作者竟因太安靜導致失眠。失眠那夜才感受到那聲音的存在感，「我如胎兒，靠著聽覺猜測、或確定某些事物，聲響於我而言是個安心入睡的指令，如同催眠師發出個噹聲。生活中也存在特定聲響，形同鈕扣，恰恰好嵌進衣物的孔眼，才能完成穿衣儀式。」我猜想，悲劇就是那特定聲響或孔眼，在絕佳的時機襲來，以成就這苦甜的人生。我是理解林佳樺的，因為我也有一雙見不得人的腳，吃過看牙的苦，死不穿有鈕扣的襯衫。還有，是那倒楣的婚喪喜慶不宜的屬虎人。

自序——

夾縫行走

人生在世，著實不易，天災人禍、病痛無常、世間惡意不時襲來，有時親友齟齬令人神傷，或者職場傾軋、匿名的學生家長投訴教人疲於應付。近年島上人均壽命八十，想到還有好長的路仍需顫巍巍地前行，心中是鬥志與倦意交雜。若有雙舒適的鞋，或許這條路能走得稍顯從容吧。

我在辦公室放了雙人字拖（有人稱為「夾腳拖」），讓久站講課的腳掌解放紓壓。島上春末偶有暴雨，那天我的長褲鞋襪全濕，換上備用鞋人字拖站到講台時有點尷尬，足掌腳趾全裸的不自在延伸到身、心、口舌，講課過程頻吃螺絲。下課時，學生在教室後排晾曬鞋子雨傘，平時在校都穿球鞋的他們那天換上臨時在便利商店買的人字拖，倒也坦然自在。

「在教室穿夾腳拖不會尷尬啊，不就是代步工具嗎？老師你偶包太重了。」學生說。

外公外婆出生不久便是日治時期，因此早期家裡的拖鞋都是木屐，家族每個人是一雙木屐走遍屋裡屋外。我上小學時老師規定涼拖鞋禁止入校，漸漸地我出門在外幾乎都是穿包鞋，也發現自己的腳板寬、腳趾不秀氣，腳掌越發地包覆在鞋襪裡。出社會後，時尚流行吊帶連身長裙下趿著夾腳低跟鞋，我的腳趾竟忘了昔日穿木屐的記憶，兩根腳趾夾起一線，走沒多久，趾膚因反覆摩擦而受傷。

為腳趾縫上藥時，望著鞋上那兩撇人字細帶的極簡造型，似乎隱隱藏著「人」的難處，某些場合穿上人字拖極其自在，某些場合卻無比尷尬。一塊平底托住腳掌，行走時兩根腳趾須微微蜷曲、夾緊連接「人」字的一線才能穩步前行，行經石路、坡道、濕地時「夾緊」的動作更需出力。我想起一路走來歷經一些不得不咬牙堅持才能過得去，或者至今也沒法跨越的檻。

兩趾縫對於那條細線不能夾太緊或過鬆，過度緊綳腳趾會痛；過於鬆懈鞋便飛脫，要不斷拿捏、平衡腳趾力道，在磨合中摸索，才能走得遠一些。經常細思人字拖的設計、使用與磨損，與其說是我穿著它走，不如說是看著我這個人如何走到現今。

人字拖的「人」字細帶夾縫處是行走時施力的關鍵。趾間一線，是鬆緊的辯證，是飛脫與堅持的角力。也許行走過程不順，但試著去將就；或者不想將就，因此換了別款鞋子。我想到自己的過往處境，「理想」與「現實」、「職場」與「家庭」、「自我」與「他人」、「從心所欲」和「群體規範」、「人」與「天災」，須夾著「縫」找尋堅持與妥協、摸索出平衡。人生有許多事是自己無法做、不願做，但被迫將身或心夾緊來步行，因此輯一「夾縫處」是回顧幾十年來倍感困難、心累，往往要咬牙才能站立的經歷——例如要如何與結巴共處及面臨語言政策的轉換必須做的調整；

故鄉風災雨患地震多，島上來襲的颱風有四分之一從宜蘭登陸，過境時讓住在三星、種植蔥稻的家族親友受到重創，他們抱怨完又咬牙思索如何過安生日子。

卡繆在《薛西弗斯的神話》一書中的觀念是：面對世界和生存狀況的荒謬感有三種應對方法：一是「生理上的自殺」，但卡繆認為了結生命不是解決，只是逃避。第二是「哲學上的自殺」，當我們說人生是荒謬，意指人生沒有意義，那麼只要在某處找到賦予人生意義的方法，問題便可解決。「上帝」雖然可以提供生命意義的終極答案，但實際上卻是沒有正面回應「荒謬」。「上帝」的存在只是把「荒謬」取消，而不是解答它。第三種是卡繆推崇的方法，就是「反抗」。神話裡薛西弗斯日復一日推石上山，石頭抵達山顛又倏地滾下，此時若是想著：「我所能做的一切都已經做了，剩下來的，就是我所無法改變的命運了。」然後薛西弗斯從容地走下山，繼續面對他的命運。

遭遇挫折時，我常反覆思考卡繆的第三解，推石與人字拖行走時的反覆磨損當然不能等同，但隱約有類似的引伸。有些人字拖的夾帶沒有彈性，只能適應它的硬度，直面一路走來感受到的礫石。

步行過程，人字拖會因帶子與鞋底的磨損決定壽命，「人」字帶的斷裂宣告著老去，也宣告完成了責任。有位朋友買繡花三吋細高跟是為了收集、保存，但人字拖多半不會放在櫃裡展示，而是紮實地穿著走，每一步的磨、踩是它的價值，因此輯二將視角轉向身體與空間的互動，提及我與他人的行走、移動、遷徙時的姿態。同名篇章〈穿上人字拖〉從英國品牌氣墊拖的時尚符號，牽引出對職業裝束的思索；〈滾輪〉由那只傷痕累累的行李箱，回憶自己的城鄉遷徙及教師甄試的不安、無定；也有移動到家教現場，〈月亮的孩子〉裡少女小月對許多事物的追問，暴露「看見的盲點」，有時候語言與感知的鴻溝比視覺黑暗更深；我讀碩士班時半工半讀地來去台北宜蘭，看到扁擔族的通勤人生；基隆行時見到快失傳的捕魚技法；印度旅程認識流亡南印的西藏高僧。我好奇被人字細帶套住的足掌能走到多遠的地方呢？

人字拖從不遮掩足趾腳背，腳側的皮膚是直接曝露在風雨細沙日光下，露出的腳肉彷彿行走時無法完全隱藏的自我。許多人會掩飾自己某個部分，害怕露出腳趾間的老繭或未修剪的趾甲，當細沙鑽進趾縫與老繭之間，那刺扎扎的不順感正是行走的簽收單。日本美學中的「侘寂」（Wabi-sabi）推崇殘缺之美，而人字拖的破舊、腳掌的塵土，恰恰構成了生命的痕跡美學。有句話說「千里之行，始於足下」，因此輯三由足下往上探索腹肚、手指、勒住頸項的鈕扣直到視力已衰的老花眼，剖析裸露的身與心。人字拖不求腳被保護得乾淨光鮮，而是接納行走時的曝曬與泥濘，在走踏平地、翻越山丘時帶出身體與記憶堆疊的生命地形。有時覺得人字拖的行走聲音像是打出摩斯密碼，噠噠、噠噠。這幾年體會到極艱難的行走是穿著隱形的夾腳拖穿越沒有標線的人行道。

謝謝地表最強、能詩能畫能文的社長悔之老師，細心貼心的旻潔主編、編輯攝影斜槓的煜幃總編、佳璘封面設計師（封面美爆）及有鹿全體。謝謝我敬慕的李欣倫師、盛浩偉師、張瑞芬師（按姓名筆劃排序）賜予珍貴的序文，謝謝願意具名推薦此書的作家前輩們。謝謝恩師泰戈爾阿盛，謝謝聯副盛弘老師、自由副刊梓評老師、中時人間副刊美杏老師、中華副刊曉頤主編、停泊棧幸雯主編、宇文正師、吳鈞堯師、朱介英師、忠政師、淇華師、妮民師、栩栩作家、允元作家。謝謝久美格西及好同事艷雲、蓓蒂、淑貞、怡文，謝謝支持我的爸媽公婆先生及兒女。這些是巔巍巍的創作路上最溫暖的陪伴。

佳樺　二〇二五年五月十日　台北

目錄

輯三——裸露的趾肉

1

夾縫處

認聲

爸媽是本省人，但我四歲以前與台語只有幾面之緣，舌齒最先是慢慢打磨國語捲舌音。熟悉沒幾年，親友間流傳著「來台大，去美國」，媽媽請了兒童美語老師將英文字母餵進我嘴裡。那時深刻體會到在不同語言的切換上，我的嘴巴相當認生，得費力克服舌齒打架，還因此造成說話結巴。

時常將「精通雙語」想像成蓮蓬頭，水龍頭把手左旋右轉，便自然流出熱或冷水。雙語學習仍在摸索中，爸爸便因胃疾開刀，術後修復期很長。我暫停幼稚園與美語課程，寄住外公家。我在行李放進注音版《漢聲中國童話》，書中《西遊記》內容如「人參果」、「芭蕉扇」已能默背如流。很喜歡故事裡「變化」的極致，許久後才明白自己著迷的應該是孫悟空勇於反抗的膽識。

車子行經三星鄉歪斜石路，彎入竹叢圍繞的稻埕，外公從埕角走來提行李。意識到舌頭不必天天被糾正英文發音和語調，離家的難過似乎淡了些。每回被糾正英語發音時，感覺舌頭幾乎分了叉。

然而外公的語言在我聽來幾乎以為穿越到另一個國度。許久後才知道外公經常問我媽：「這囡仔是外省人哦？」

我在鄉下找不到能流暢溝通的人，即便照顧吃穿的外婆，初期彼此也是輔以手語揣測心思。我天天打電話希望返家，然而爸媽也無法回家，他們在醫院。

外公用電視轉移我對「家」的注意力。他經常收看演員石英主演的愛情劇《恩情深似海》（還記得劇名是因為片頭曲是過年長輩必點歌），聽不懂台語的我則固定收看國語布袋戲《神童》，心情隨主角千里尋母的波折而起伏。後來才知布袋戲原本是台語配音，與政府的語言政策抵觸，在我出生前一年被下令停播。

外公家電視旁有座木櫃，放置兩尊光頭戲偶。戲服是他親手縫製，人偶則是請木工師傅雕刻。我有時會胡亂操演戲偶、用國英語自為應答。忘記何時聽得懂外公說著「呷飯、洗身軀」等生活用語，也許是天天吃飯掉米粒，一陣子後我懂了吃食的方言。外公為了讓我打從心底把鄉下當成自己家，就得先懂當地的語言，他明白學習方言除了生活吃穿，最好的方式是從故事入手——每晚飯後約莫五分鐘的時間，翻開我愛看的《漢聲中國童話》的《西遊記》頁面，先將戲偶點頭、拱手，說句台語，接著用國語解釋：「我是孫悟空（sun-ngōo-khong）。」戲偶後方台語的濃重鼻音聽來彷彿家鄉宜蘭終年綿綿細雨，揮不去的黏稠濕氣。

我模仿動作、嘴型。「空」字台語近似國語，我向來ㄥㄡ不分，因此音從嘴裡走出來時微微偏了道：「我是ㄙㄨ ㄍㄛ ㄎㄡ（輸五塊）。」

如此糾正、反覆練習，後來才知道為什麼外公老是叮嚀我練習這句話時，要避開舅媽們的麻將桌。

我不斷揣摩外公教的：音要慢慢地走過喉、舌、鼻腔，最後從鼻孔、嘴巴順順滑出。他說我的發音經常用「跳」的，省去了鼻腔管道。

發音前，外公示範食指伸進木偶喉間的孔洞，拇指中指放入偶的袖口，做出拱手、登台亮相姿態。孫，sun音是鼻仔有膿痰；悟，ngōo，鼻子像豬仔齁齁打呼；空，khong收音處在鼻腔後方、發出火車行駛的啌隆啌隆。外公聽出我經常略去了鼻腔通道，教導要重新模擬感冒時、鼻腔堵著濃涕，每個出口的音都是黏稠且拖長。

納悶台語怎麼鼻音如此多？國語「孫、悟」二字尾音果斷俐落，一說完如口內有把利剪，乾淨裁掉音的雜毛。後來才知道「孫悟空」三字台語發音都得在鼻孔後、軟顎與舌面後方這片空間裡產生共鳴，這對我而言是極困難的發聲器，國語裡幾乎沒有相對應的注音符號。

外公耐心解釋家鄉台語腔「呷飯」、「滷卵」全是音的外頭裹上糊漿、徐徐從鼻管裡流出。親戚打趣宜蘭台語多鼻音，尾音又拖長，因為此地終年多雨，將人從外淋到內，口舌聲音都被泡得濕黏。幾次飯後外公要我去冰箱那邊拿「圓仔（湯圓）」，我則不停地搬動冰箱旁的圓凳——裹上糊漿的音流經我的耳裡風乾成了

「椅仔」。

外公反覆示範發音，絲毫沒有生氣，他不是唐三藏，卻像極了有修養的修行人。沒耐性的反倒是我，吵著想回爸媽家。很久之後從媽媽口中得知阿公是這麼形容我：「這囡仔親像潑猴。」

外公擔心我對這陌生語言反感，會先以左右手「搬戲」，讓戲偶彼此過招吸引注意，接著以簡短台語說明動作。例如戲偶拳頭由上往下重擊是「ㄇㄠ」，手持物打人的頭叫「ㄎㄚˋ」，搧人巴掌叫「ㄙㄧㄢˋ」，這些動作在國語裡統稱作「打」，然而這個字的台語唸作「ㄆㄚˋ」，指單用手掌拍打。如此複雜多樣的台語唸法，讓我認生的嘴巴更加無措。如果當天台語教學沒什麼成效，外公便賞幾個硬幣，要我去隔壁柑仔店呷枝仔冰、打彈珠。

日日與戲偶相處，台語尚未說得精準，我已學會了讓戲偶走路——這也是操偶的入門法，將靠近身體的內腳（戲偶左腳）與外腳劈成一字馬，雙腳同時放下時，操偶的手如拍球般上下抖動。外公說，戲偶接下來的動作如跑、翻身、打鬥要俐落威風，就要讓手穩健操控戲偶走路，踏實走好每一步，才能走下一步。

學習台語的過程極類似記憶裡的學步，每個音如果有雙腳，得先精準踏穩。媽媽說我很慢才學會走路，著急地要帶去看發展遲緩科，忽然某天我的手不必靠桌扶牆了。我也不知道何時不必依賴外公的國語解釋，竟可以自然地用台語和人冤家（uan-ke）。天天鍛鍊濃稠糊漿如何從鼻管流出，如記憶床墊般在鼻床儲存了音的輪廓樣貌，一顆顆方言的籽在時間躡腳時長出了形狀。

三年後媽媽接我回自家羅東鎮讀書，禁演多年的布袋戲在台視、華視復出了，分別上映國、台語版《西遊記》。家裡勉強同意看國語版——媽媽期望我的手是在算盤或琴鍵上流動，而非操著偶、口裡溜出極順的台語口白。她不解在桌上晃來晃去的戲偶哪裡有趣？我想起外公操偶、以孫悟空的聲腔教過：「我講个你無愛，你講个我毋捌（不懂），無愛毋捌个人攏蹛佇（住在）厝內。」

我早先看的布袋戲《神童》便是國語發音，然而聽慣了外公搬戲，操偶時台語聲腔還是較有說書味與浪跡江湖的飄撇（phiau-phia）。

當時不知道學校禁用方言，「酸酸軟軟」、「滷卵黃黃」等鼻音台語腔被我從外公家帶進了鎮上的小學，被罰青蛙跳後，我的結巴更加嚴重，舌頭形同被閹割了。向外公抱怨此事，他說我就是單純的囡仔，類似的事他早已經歷過，練就了應付工夫：日治時期布袋戲的口白必須是日語，外公在家裡搬戲仍維持台語；後來島上換政權，方言被套上鐵鍊，國語是北京話，他和鄰居私下聊天，口沫仍然悄悄拍打著方言的水花。

後來幾次我必須繳交「說方言反省自述表」給班導，在辦公室外聽到老師們用台語聊家常事，當我轉開門把，那些聲音瞬間退了潮。

我也喜歡以慣用語言話家常。慣用，是龍頭一開便自然流洩。語言是用來表意、溝通，而有人是用來尋求認同。

近年來昔日被刻意隱藏的語言成為了顯學。這讓我想起一事，兒時持筷的手常與左方人的肘部打架，我的慣用手被媽媽評為「歹手」，不能常用，她說台語裡右手唸做「正手」，是正規、常道。我升上高中後已將右手「扶正」，桌球課遇上左撇子對手，對方的球路與殺近吊遠全然不是我熟悉的路數，班上慣用右手的選手與之對打，多數也是疲於奔命。我媽說的「歹手」在班上被封為黃金左手。

現今方言列為中小學必修，內容涵蓋生活社會與文學說讀。夫家是寧波人，我的孩子自小在外省家庭長大，台語在舌上只占得小塊版圖，只好在本土語課本寫滿注音註解，讀來是破綻百出。我汗顏身為家長，忙於工作，反而沒有在孩子的口裡埋下方言的籽，最困難的是孩子要求台語說與寫能夠同步，例如我接送上下學時頻被詢問交通或動物相關的方言：「雨刷卡住」、「渦輪引擎」、「斑馬」，我的嘴與腦袋打上無數個結，心想「斑馬」的台語應該是「黑白（**oo-peh**）馬」，結果正解是「花條（**hue- tiâu**）馬」。

我開始仿效外公之法，晚飯後拿著戲偶開啟台語補救教學。走公主風的女兒希望我講台語版鐵扇公主時，將戲偶換成金髮芭比，如此混搭讓我閃神。「反正都是我們在講話，叫玩偶演什麼，他就是什麼呀。」軟嫩的童音說道。

台語家教幾週後便是孩子期中方言測驗，我幫忙考前猜題：「『啉咖逼』是何意？」孩子小一開始因島上全面實施雙語教育，脫口：「喝Garbage（垃圾）。」我不死心繼續出題：「『觀察（kuan-tshat）』的國語呢？」「棺材。」受挫的孩子建議全家用台語溝通來加強練習。我婆婆不會台語，嘴裡得說出吃穿娛樂等台語時，彷彿塞入了尺寸過大的異物。

近年缺本土語師資，政府鼓勵全民考台語證照，取得中高級資格者可去應聘。面對校方關於這個職缺的詢問，我保證絕無問題。活到中年歷經兩次最精美包裝的時刻：戀愛與職場面試，豈料去年三月參加中級考證時，聽力尚可，讀寫測驗卻如重重機關、出口難尋，哀嘆報名費如水流。

試後大家討論一題：「佗一个講法無正確？（A）一粒山（B）一粒飯（C）一粒枕頭（D）一粒月娘。」熟悉的鼻音讓我這才想起在外公家經常掉飯粒的往昔，答案黏在那些細節裡。

幾個想繼續挑戰高級認證的朋友約好平時以台語溝通，看民視及霹靂布袋戲練習聲腔。其中一位好友任教的學校沒有族語師資，原住民學生被迫將台語當成第二母語，好友便額外加考原住民族語言能力認證，經常在「族語E樂園」網上練習標準發音。另一好友加考中級客語認證，他家是閩南爸爸、客家媽媽，公職的他倘若通過考試，能榮獲政府核發的五千元獎金。

獎金噹啷啷地響。想起高中選文理組別時，媽媽希望我勾選未來容易就職的理組，無奈數理符號公式在我眼中是難解的密碼。那時媽媽從新聞報導得知牛頓、愛因斯坦、居里夫人都是左撇子，慣用左手者是右腦思考，具邏輯分析、空間幾何概念、獨創性與超強的影像記憶，媽媽以提高零用錢獎勵我那淡出幕前的左手積極復出。

今年春末，本土語考試再度迫近，好友們相約來我家複習，每家小孩彼此熟識，也順道過來。飯後，這群小五、小六的孩子唱著排灣族女歌手阿爆的歌：〈izuwa 有〉，旋律節奏感十足。他們不懂歌詞意思，不太會排灣族語，唱得極為落漆，然而眼神發亮、專注，身體隨之搖擺。同一時間我們大人複習著本土語，也許為了加深印象或紓壓，好友套上我外公留下的兩尊戲偶以台語相互應答，還玩心大起讓戲偶以國、英、客語、族語對話。一時間歌曲及眾聲充盈在小小的客廳裡，讓人錯覺偶身成了肉身，嚶嚶嗡嗡說著各種發音。

長短句

飯桌牆上貼著喉舌結構圖，是台北S醫院語言復健科給的。媽媽以紅筆標示出字音從喉嚨熱身、行經舌頭的路徑。

我的恆牙破了土時，與舌相關的音卻冒不出芽。媽媽認為何必看診，傳授說話竅門：「講話親像捏齒膏，出力就好。」我的發音器沒有乾涸，但舌尖每次努力擠壓、管口只榨出非常小滴的重覆字音。媽媽急得扳開我的唇，小偷般強行撬門，結果我口裡的音退了潮，滿出來的是哭聲。

「講話底軋你創治（tshòng-tī，戲弄）啦。」

這話透露著被擺布感。不服輸的我私下勤練著：ㄕㄕㄕ樹（枝葉怎麼分了岔），ㄔㄔㄔ車輪（舌頭被輾過嗎），ㄋㄋㄋ（被鳥啄唇嗎）。

對著喉舌圖練習時，我經常想到家裡有本雜誌刊登挪威一塊名叫「妖精之舌」的長岩，由冰川侵蝕而成，挪威語「Trolltunga」，英文是「Troll's Tongue」，傳說遠古有位畏光的山妖Troll不慎曬日，想說話時，舌頭瞬間成石。

口條好的媽媽經常問我舌頭何時有問題？似乎是學齡前注音與英文同時在嘴裡碾壓，有些音想跨過舌唇便立刻被絆倒。某天被老師點名朗讀：「床床床前……」，四周響起「大大大舌」，漸漸地我運用到舌頭的音便長出了稜角卡在口裡。

口吃不愛唱獨角戲，常伴隨清喉與嘴角抽動，成了班上的快樂源頭。當我說話彈彈彈時，四周的舌也彈著我，那些唇彷彿肉食豬籠草。嚐味之地我嚐到了苦澀。幾次在夢中竟能流暢說話，那是最最開心的夢了。

夢醒時，最不願意卻又必須做的是上學。我家到學校的路類似長長的舌岩，抵達彼端便須開口（在家有時可用圖畫溝通）。曾想過「說」的必要，寫、畫、唱也是表達，作畫可以留白，唱歌能哼曲，但人們對於說話是要求平順無礙。

有天獨自上學，一位陌生叔叔靠近，掀開雨衣裸露全身，我喉間滾沸許多字，冒出口蓋的只有嗚嗚嗚。事後全家驚恐地臆測：倘若沒有路人經過，發音破碎的我身體會不會也破碎？

媽媽慌忙求助家裡附近的耳鼻喉科。醫生判斷舌繫帶略短，不必開刀，但要練習口說，建議買台節拍器，說話不搶拍，講詞、不講句，如「想要去廁所」簡化成「廁所」。

於是媽媽天天指著字卡，她唸，我複述，如幼兒學語。忘了嬰孩時期如何由啼哭開啟第一個字，口吃時我又返回說單字。過程，媽媽常命令「重來、重來」。我是鸚鵡，口吃的鸚鵡，慣常畫面是我的跳針讓媽媽跳腳，房間響著節拍器的噠——噠——噠——

醫生勸不要過度糾正，有時口吃未癒是太在意結巴，即使練到十句話有八句順暢，人們只會注意跳針的那兩句。

會不會口吃有時不在嘴裡，而是在別人的耳朵裡？我以為每個人的發音都該各有姿態。

耳鼻喉科的方法沒效，媽媽帶我去寺廟祭改。住持斷言被穢氣附身，給了幾瓶淨身符水，務必按三餐服用。

為求速效，媽媽合併中西療法。她太在意我的缺陷了，常連珠炮地糾正，我一面思考她的指導內容，一面擔心結巴，於是腦裡想好的句子被炸成破碎的單字。

焦慮的她得知台北S醫院有語言治療。每個月全家行經曲折的北宜公路（當時雪隧未通），我口內的字在療程中也曲折地行經喉舌唇，每次治療都耗時大半天，失望使得爸媽沒心情逛台北，走出診間買個便當，便開車返家。

S醫院治療師傳授訣竅：音先在喉嚨熱身，吐氣時順便把音送出，將每個音想像成要跨出去的腳。叮嚀說話如同睡醒後要下床走路前、先活絡筋骨再抬腳。另一方法我最常運用：想像體內有另一個人以別種腔調在說話，抽離自我，也許發音會更順。

洗臉時我常對鏡，鏡裡的「她」臉漲紅、說話跳針。不禁想：也許自己講話是順的，只是體內寄宿個結巴的「她」，孵育好久的音在殼裡掙扎叫著「喊我喊我」，因此「她」開口前總要深吸慢吐，只為那陣痛許久、即將分娩的第一個音。

說話真是累啊。語言有時只是發音的換氣調節，而非語言本身，投出去的語言不全然等於投出者，但是人們往往將兩者劃上等號，以為說話不完美等於說話者不完美，這造成我未出口時便緊張焦慮，使得我與他人無法透過語言抵達彼此的世界。

幾次回診，我排在一位男病人後面，我看診時，對方有時會入診間拿回診單。他左臉到脖子有植皮紋路，鼻子插管。據護士與其母對話，罹患口腔癌的他、化療後口腔肌肉僵硬、潰瘍、失去味覺，來此練習發音與吞嚥。

也許我太過放大自己的缺點了。他失去了吞與吐的自主，而我還能嚐味、說話，即使是支支吾吾。

意外的是口吃的我竟能流利唱歌。升中學前被選入合唱團，帶團老師勸道：青春期了，不能再與說話捉迷藏，開口前要先在心裡把話順幾遍。然而實況是課堂間想去廁所，心裡默唸多次，即將出口時，音卻是地鼠似地往喉裡鑽，出口時僅剩殘骸。

課餘，帶團老師會觀察我發音時、口內氣流是緊或鬆，教我舌音第一個字要輕緩地說，練習同義字代換，如發不出「床」就換成「bed」，說不出「你」則說「you」。這讓我一度說話順了些，但明白口吃仍伏伺體內，看似對答無阻，那是前天花了長時間練習各種狀況。我將喬治六世經由語言復健、二戰時以流暢口語對德國宣戰的報導貼在桌面。

在爸媽的期望下我就讀升學導向中學，考試抄寫是日常，教室坐滿了人卻罕有人聲，頂多是翻書與紙筆摩擦。我鬆口氣，忙得沒空聊天，就不會觸及封印之口劃下的結界。蘭陽地區女生能選填的高中唯二：羅中與蘭女，我的志願是前者，校風與升學的口碑相當好。聽說校方很重視讀寫與口語表達，因此每個月我固定北上回診。媽媽是戶政機關員工，白天忙著處理申辦業務與民眾客訴，晚上陪我練習說話。她說話快又長，「這囡仔人攏會曉咧，啊你講袂出來？啞狗哦？」常有幾晚她大拍桌子將字卡丟地上，爸爸連聲安慰：「免煩惱，大漢著會好啦。」

我走出升學牢籠、北上讀書後，生活走進一位男孩，寫詩兼造夢師，替人打造美好未來。大學生活太忙，我暫停S醫院療程，男孩是最有效的治療，逛誠品時耐心聽我唸書名；會塔羅牌，不必言語便理解我的想法。那陣子結巴的「她」極少出現，口裡封印的符咒被撕除，出喉的都是歌。我一點一點尋回了聲音。我將原本每兩週返鄉的頻率拉長——那是舌頭被禁錮的地方。

時隔半年跳針又無預警出現，口常乾成枯井。當時直轄市長首次民選，男孩的政黨理念與我不同，吵架時總說「通通給你講」。不久他投資的台股由紅轉綠，說出商借數字時，我跳針幾秒便消音，加上男孩母親不太贊成這段感情，我的結巴捲土重來，更甚以往。

當時快畢業的我蝸居台北租賃地。有天爸爸急電，我媽嘴唇、下巴不停顫抖，口裡的音糊成一團，手也抽動得厲害，幸好行動及理解力無礙。原來之前已發作幾次，爸媽擔心影響孩子課業便緘口。我慌忙返家。

我們帶媽媽看了多家醫院，總不見效，她的手與嘴巴顫得日益嚴重，持湯匙抖如落葉，到後來連結巴說話和進食時，舌和牙齦都會痛。一度以為是帕金森氏症，最後求助台大神經內科。媽媽的病名我從未聽過：「原發性顫抖症」，抖動的影響擴及頭頸、聲帶、舌頭、腿甚至軀幹。嘴巴抖太厲害時，口腔內協調的肌力不足，會使聲母構音不清晰，發音很含糊，想要根治必須開顱，以電燒專用鈍針深入丘腦來燒灼或電激。至於說話、進食會痛是合併灼口症，舌、牙齦、頰內、口腔底部、喉嚨會刺痛、灼熱，聲音轉為乾啞、粗嘎。病人為了避免口內過痛，會改變舌唇角度，因此造成發音障礙。

擔心開腦手術的高風險，也擔心體內放置電極的副作用，媽媽的治療採保守服藥。醫囑叮嚀這種療程歷時久，很磨人。

陸續發現媽媽說話能力日漸退化，結巴說著單字，每個字的韻母尚能猜測，但聲母幾不可辨，手又抖得無法寫字，她因此常縮在沙發生氣。我努力挖掘她殘缺的字音，比手畫腳拼湊，熟悉的經驗讓我想起以前媽媽說過「語言的創治」。醫生說腦神經很精細，愈是不想講話就愈不會講，口腔肌肉如二頭肌、腹肌，不訓練便會鬆弛無力，要把握語言復健的前幾個月黃金期。

全家列了張陪病輪值表。當時我與造夢師的夢碎、母病，字更往我喉裡縮，陪母回診時，我因自身口吃，全身流露著暗沉的顏色。媽媽向來不喜歡麻煩孩子，她應該也很掙扎吧。不知道她是否誤會我的暗沉是因她而起，因此輪到我看顧時便裝成聽障不回應，我一急又結巴，於是腦內每個詞對母女倆而言都是黏成一坨的撲克牌，發不出去。

每週帶媽媽到自家附近醫院回診，我也順道找同個醫生治療口吃。那時我決定第一份工作是返鄉教書（當時我的口吃治療可以訓練到上台講課僅有小小結巴），在熟悉的地方跌倒了比較容易爬起來。當時家鄉已有語言復建科。我們從醫院三樓走到底推開門，左牆貼著喉舌圖，一旁擺放搖搖馬及繪本，遊戲化設施試圖安撫銀髮及成年、仍須學說話的母女倆。

父帶母入診間，我在另一室寫自評表。治療師說我的口吃原因複雜，不像骨頭歪斜，X光一照便知。要我張口發「啊」，觀察口腔肌肉的鬆緊，勸我接受結巴的樣態，口吃背後也許連結著自尊與自卑，如男人偶爾性障礙後便自尊受損，愈想克服，卻因焦慮而加重症狀。

看診順序是母先我後。為了安撫她的不安，全家共入診間。

媽媽的發音障礙是唇舌及嘴巴周圍顫抖所致，治療方式除了服用肌肉與神經鎮定藥，也要練習呼吸，加強對口內肌肉的控管。口說練習由名字及關係開始：「先說你的名字，來，吸、吐，想像氣流吹過舌唇……」治療師的聲音裡，我以前矯正口吃時的場景一一浮現。

媽媽的語言復健有許多我不懂的口腔神經知識與構音方法，例如要練習唇肌，用一字唇、圓唇及開唇發「ㄧ、ㄨ、ㄚ」，每個音要放慢、誇張地唸，加強對發音位置的覺察，舌頭要往前、後、左、右伸展，先練習單一方向，再前後或左右輪替來訓練舌肌轉換的流暢度。

這和我的矯正不太相同，但母女倆的訓練有個共通點——長話短詞說，例如「我腹肚夭欲呷水餃」就簡化成「水餃」。

爸爸幫忙買幼兒讀本。訓練過程母女倆的共同發音障礙是一慌便急促呼吸。醫生說要輕鬆呼吸，想像口腔是一片長路，音從喉裡一步一步慢慢走出。我的訓練多加一項——在桌上吹乒乓球鍛鍊唇肌，將球想成字音。幾次球落地彈跳咚咚咚，具象化了口吃實況。

許久後我才約略掌握竅門：我的結巴是音的氣流乍斷，導致嘴形準備好了、卻沒有足夠的氣去推動蓄勢而出的字，一急便頻頻糾正舌頭角度，結果是不斷重複同一個音。

幾次治療師要結巴的我立刻鬆舌吐氣，音竟無礙地滑出。真說不出來就放過自己，催眠自己能發任何音，只是環境、句子及身心狀態不定，音便時現時隱——治療師這些話泡著溫泉似地融融化開。他推測我的療效緩慢是一直糾結在內心恐懼著語言並非真正的我，無法讓我抵達他人的世界。

倘若前個病患看診太久，父女倆便在候診間指著字卡輪流唸、要媽媽複述，我順便自我訓練。有時媽媽閉口臭著臉，我也跟進，說話不順的我還要照顧說話不順的人。許久才想通，在公眾場合媽媽也有自尊吧，況且灼口症發作時，嘴內如燒，但病症緩解後，她有時會積極練習名字及家裡電話地址（為了方便聯絡，那時3C並不流行），眼神炯炯，唇邊浮著白沫，一字一字地擠著。講話親像捏齒膏，她以前是這樣教我的。

我們在飯桌喉舌圖旁掛本日曆，每天練習上頭字詞：中秋、初七、冬至……當晚撕掉，厚厚一本變薄了，便安慰著距離順利說話的日子不遠了。

有天翻到家裡那本介紹「妖精之舌」的雜誌，思忖是否有適當單詞教媽媽複述，上網查找此地，資料下註明「tongue」和拉丁文「lingua」均為舌頭，而「language（語言）」的詞源便是後者。

我最後沒有為媽媽讀這則地理典故，舌、石、川、曬、日等字的發音對媽媽而言有些難度。

好長的日子全家一起候診練習、掉淚生氣、與口語障礙相處，這些基調成了生活節奏。爸爸常把訓練功課交給我和姊姊，理由是女人了解女人。我認為夫妻之間更應該相互了解。

媽媽訓練不順時會生氣，灼口症發作更是火爆。鑑於她太受到復健進度的干擾，我在口吃面前盡量以緩解取代戰勝的念頭，謹記讀的重點不在字，而在發音的換氣調節。

在口的開合、舌的吞吐間，我嚐到了萬分滋味。一度說話順了些，但無法確定體內結巴的「她」是否仍在？我常遊走在兩個世界：看似說話無礙，有時靈魂的口卻卡關；有時內在自我對話流利，出口卻滯塞，擔心「她」又折返了。

也向人坦承母女倆說話卡關，類似膝關節卡住、得慢慢地走。

復健一天天過去，媽媽能講的短詞多了些，不知能否恢復以前的語不停歇。

母病半年後，她的顫抖及灼口症狀沒什麼改善，醫生建議動開顱手術，全家相當猶豫。漸漸地媽媽的手抖到不能拿筷，菜餚從唇角流出，無法穿有扣子的衣物。她不再參加同學會飯局，成天臥床、沉默如石。那時我被媽媽的消沉搞得心煩，又擔心工作將臨的教學觀摩過程、口吃會復發，焦慮的我甚至想拋下媽媽、躲到無人之地。我胡亂想著長久以來在吞吐間拿捏，「她」也許來了又走，或藏在體內某處，留下幾次結巴痕跡，以為都被自己當作日常了。

教學觀摩前兩週我課多，又焦慮試教觀摩出狀況，對爸爸嘩喇喇地抱怨照顧媽媽壓力好大，拜託他擔起接下來十多天陪病的重任。爸爸連聲安慰「免煩惱」，表情很無奈。看著陷在客廳沙發裡的媽媽如礦物，不動不語，我心底對雙親著實愧疚。

我悶悶地想轉身上樓，經過沙發時，忽然熟悉的沙嗓、聲母發音糊成一團，含果核一般。

「教……冊……免……免——」她擠不出來的字，我想我懂。

（本文榮獲第二十六屆台北文學獎散文組優等獎，並由該得獎作品擴寫）

並蒂

教過一對相愛相殺的雙胞胎——她們希望是獨一無二、身旁卻總是有個鏡面反射的自己；經常被比較；違反校規時老師（包括我）甚至罵錯人。

有次家長座談會，與學生父母談到為什麼要將雙胞胎打扮得一模一樣？「有讓她們各自挑不一樣的衣服啊，事後又互相嫉妒。」

從小沒有玩伴的我相當羨慕雙生，出生那一刻便有伴，即使吵架看似對鏡說話，起碼都不孤單。身邊感情好的雙生子會分享曾經接力吃Buffet只付一人餐費；幫對方考駕照；打工時替對方代班；擔心被心儀對象拒絕、便拜託「另一個自己」代為告白。

前年教的這對雙胞胎長得很甜，黑曜石般的眼珠子閃著圓潤透亮的光。用功、主動擔任幹部、年節會向師長問安。我是妹妹的導師，姊姊在鄰班，下課、午休及跨班選修時便合體。這是她倆從幼稚園起首次分屬不同班級。

我處理學生假單時，發現姊妹倆連女性生理潮汐也是同時漲退。幾次共同選修課學校是隨機分組報告，兩人私下拜託老師可否換成同組。她們非整日黏膩，而是各自有交友圈，再將彼此的好友圈成大漣漪。

我青春期時早已在書包備好生理用品，不料初潮一來竟痛得額際冒汗，弓身如蝦才稍緩下腹絞痛。媽媽歸因遺傳，躺躺就好；我姊那時正要躍進大學之門，無暇顧我。喜悲苦樂病痛時身旁有個依靠，那是幾世積累的福報吧。

這對姊妹如同時而生的並蒂花，汲取同一區土地的滋養而各自伸展。植物也有語言，用氣味、花瓣葉面的舒捲、搖曳，交流共有的陽光雨露蜂蝶。

她們同時考上花蓮某大學，同系同班同宿，在那山水境地一起伸枝展葉，適應異地的過程花瓣枝葉若不慎受損，彼此便是支柱。

之前帶班時學生問：「導師的保固期多久？畢業那一刻便終止了嗎？」「終生啦。」我說。有時出差或旅遊，會順道探望舊生。我爸媽家在宜蘭，去年全家打算趁清明連假回鄉幫忙祭祖後，來趟花東三日遊，順道約這對雙胞胎見面。我計劃走訪太魯閣砂卡噹步道、布洛灣、燕子口，手機註記旅遊前敲定會面時地。

連假前一天花蓮七點二級地震，太魯閣多處落石，蘇花公路嚴重坍塌，掉落的巨石砸彎北上的鐵軌，市區天王星大樓嚴重傾斜，花蓮女中綜合大樓柱體龜裂。當天餘震逾百，我立刻取消旅行。地震當下我的教室位居三樓，搖得班上學生無心上課，手機響遍了學生家長及自己親友的關切，大家除了詢問震央及親友安危，便是問：「好像比九二一還久？」「有比九二一大嗎？」彷彿九二一是個災難度量尺。這三個數字將我拉回千禧年前的那個凌晨。

當時我在師大讀碩二（經濟壓力半工半讀），日日苦惱難產的論文——第一章末節「文獻回顧」寫完，接下來的內容始終難達教授的標準。畢業壓力成為心底巨石，我成天眉頭不展。那天恰巧回爸媽家拿秋衣，想睡個一晚、隔天再回到自己的租屋處。凌晨一點多我還埋首文獻裡，忽然桌燈瞬滅，那時尚未意識到接下來的劇晃將成全島夢魇。幾秒後，我家屋子如手搖杯劇烈晃盪，耳側掛畫擊牆、吊燈晃響。爸媽大吼：「卡緊來樓跤。」每層階梯似將解體，我腳下沒有穩定的支點，幾乎跌撞到一樓，腳踝不慎扭傷。事後聽廣播才知道事發時間是一點四十七分，持續搖晃達一分四十二秒。

我周遭的世界在地底的撞擊與來自地心的鳴叫漸歇後、震動感仍然持續著。二十五年後、去年連假前花蓮強震也是如此，百起餘震一波波襲來，我班上幾個學生想回家又擔心回不了家。有位學生急電請假，因為被家裡變形的鐵門困住。我的教室懸吊的日光燈劇晃、室牆的馬賽克磚塊塊剝落。

夫家在台北，七樓，不知是否一片狼藉？九二一時，宜蘭爸媽家地磚多處裂開，多縣市輪流供電，我的研究所課程暫停。爸媽家不遠處的五結鄉有五座穀倉倒塌。我生長在地震不斷的宜蘭，卻從未歷經如此巨痛的撕扯——全島房子塌了四萬多戶、死傷數千、南投酒庫震毀爆炸、鐵道變形……此後長達幾週，我和媽媽到身心科拿鎮定劑助眠，我經常盯著牆壁掛畫來確定是地震或是錯覺，幾乎得撐到凌晨一點四十七分才敢闔眼。我媽則是帶著睡袋宿車庫，因為車庫外便是空地。島上許多地方由於板塊碰撞而崩毀，坍塌之後必須歷經重建，當時隱約感覺我的論文亦需如此，只不過當時我被震到日子過得驚疑不定，何來心力顧及論文？周遭的崩塌、內心的不安，我體悟到必須將學位等身外之物的排序挪到身心平穩之後。想起以前在意文憑及他人對自己的評價，活在別人的眼裡嘴裡，惶惶無措，著實好笑。

無措與毫無準備是恐懼的溫床，每一聲未知的響動都會放大我們的恐懼，因此之後每年九二一，我的教學現場是校內響徹警報後，師生立即蹲下、尋找掩護，接著依疏散路線前往空地集合。二十五年來，這些訓練在腦子、肌肉裡成為了記憶，因此去年清明前花蓮的這場天災，師生大抵訓練有素。

傍晚回到家收拾摔落一地的書籍，點開新聞，曾留下美麗合影的太魯閣盡是破碎，記者報導地震引發了雙胞胎學校一系館大火，我拿著遙控器的手一緊，新聞畫面續播學生攜睡袋露宿操場，空勤總隊飛往當地勘災，消防署搭機前去救援。這對姊妹還好嗎？地震逃生不再是以前中學時校內警報大響，尚可悠閒地邊聊天邊找掩護。

新聞播報花蓮北上的交通已經中斷，航班取消，想離開地牛翻身的震央只能向南，但車票難求，那是交通幾乎中斷的孤島。我想到幾部末日災難片，劇情設定一艘拯救人類的方舟或太空艙。船是殘酷的生存金字塔，各國元首、政要權貴、對國家有功的各領域專家優先登船，餘者便各憑能力搶購天價船票。

新聞畫面裡，震後的花蓮火車站像被打翻的蜂巢，人群如蜂四處奔湧。我想傳訊給雙胞胎，思及她們的慌亂緊張與忙碌，因此作罷。

今年一月雙胞胎找我敘舊，憶及當天網路斷訊，同學們只能急切地撥打一通又一通的訂位電話，公車、火車、計程車、飛機，電話始終佔線中，好不容易撥通了，火車停駛、機位全無。雙胞胎絞盡腦汁，耗神搶訂車票，最後決定當晚逃難似地搭上前往高雄的南迴鐵路，連夜搭高鐵奔回台北，車廂一震便驚疑地想找梁柱旁躲藏。姊妹望向窗外暗黑天色，窗影中看著兩張一模一樣的臉，手相互緊握。聽大人說她們出生那一刻也是牽手來到世上。

次日，她們學校宣布直到期末都採線上課。

歷經大地震，有人有創傷症候群，搭個公車、乘坐手扶梯，一點搖晃，思緒便往最壞的孔縫鑽。雙胞胎原本相當喜歡、也心疼她們的大學，捐出微薄零用，堅信全校必能挺過難關；然而原本想堅守在母校的她們有個難關是內心的恐懼——長時間連續的餘震，經常恍似聽到地底啌、啌地重擊，由地心竄刺到地表、耳膜、內心，僅僅一個瞬間的搖動，被搖動的卻不只一個瞬間。

我曾想過某天並蒂會分開，沒料到竟如此突然。今年年節前，雙胞胎參加台北轉學考，姊妹分屬正取、備一。正取生無人放棄。

這宛如去年大地震後的劇烈餘震，「導師有永久保固期」這句話簡直是自打嘴巴。我至今歷經了島上兩次強震，深知向前與留下都是課題，留在異鄉的人要獨立面對也許會有的環境或者人事的震盪，任何建議對姊妹而言都是雙面刃。我天天點開LINE又關閉，不知道對方是否亦然。

曾看過她們在那片山水境地破碎前、相依相存的照片，黑曜石般的珠子嵌在彎笑的眼縫裡，兩張彎弓似的笑容，我幾乎以為那是一對翅膀，共同撐起一片天。

狐狸走的路

十歲以前我未曾北上，台北對生長在宜蘭的我而言是經過大人鄭重包裝，當它翻山越嶺到達鄉下，輾轉成了神話。

神話中，此城是繁華金窟，有錢財、高樓，車流如龍。我常吵著想去，外婆說，「台北佇天頂，真遠咧。」她指出兩條路，海線三個多小時；山路兩小時便可抵達。

小五時，學校抽血檢查，我罹患地中海型貧血，衛生局建議到台北教學醫院做複檢。外婆重申「台北佇天頂」、「咱宜蘭个病院五告讚」。

這趟「通天」之路，爸爸選擇山線，除了省時，也因為恐懼東北角海線疾行的砂石車，加上山路中站的坪林是台北入口，可以讓嚮往都市的我早一點親眼目睹。我對坪林極有好感，一度錯覺它是宜蘭遠親，例如鄰居北返一定分享當地包種茶與中藥熬煮的茶葉蛋，我嚐味頻繁，以為是鄰居的拿手料理；而學校社會課分組報告「台灣北中南東及離島」，我這組負責北區，查找資料發現坪林和宜蘭的深厚關係：道光年間漢人來此墾荒，當時此地屬淡水堡，後改屬文山堡，日治時期因糧食缺乏、改歸宜蘭廳，二戰後改屬文山區。這層關係不正是分家出去的親戚嗎？

但外婆對北上的山線頗有意見：「山路毋是予人行个，是予『厚利』（hôo-lî，狐狸台語）行个……」她欲言又止，語氣很輕，眼中閃著詭異的光。她將狐狸指涉成所有不正事物，責備投機取巧的我有狐狸心，罵壞人是狐狸精。此刻壓低嗓音形容山路的詭異（她的台語形容太道地，我聽得懂、但不會寫，以下翻成國語），認為北宜道路灑著明晃晃的紙張，體質差、陰氣重的人路過會暈吐不斷，九彎十八拐是現實與幽冥的交界，會讓人陽消陰長，氣虛力衰，熬過了才有資格踏入坪林，接著講了十幾則彎路上的怪事，結尾總是戛然住口，徒留懸念，如現代未完結版的聊齋。

我對鬼話傳說太過好奇，查到民國三十年日本為了控制地方，動員台灣民伕開拓新店到礁溪的路，坪林每家必須派出男丁。這項工程艱險，北宜公路山多，開挖不易，日人以炸山法開洞，造成許多傷亡；且道路環山而築，路寬僅七、八公尺，車禍頻仍，謠傳是開路的殉職人員在找替身。

爸爸認為無稽。最後我們答應外婆，走北宜時一定心存正念。

彎拐的北宜公路旁林木蓊鬱，葉尖只需輕輕一點，彷彿真點出了鬼怪陰森。那時我無法體會古人隱逸之趣，只一味恐懼深山的詭異。髮夾彎的道路讓車身搖晃，如航行海上，我的胃泛湧酸水。最大彎幅超過四分之三圓，膽大的弟弟可以邊吃零食，邊在車子大幅甩尾時，用游絲般的氣音說鬼故事。車窗外路上堆疊黃澄冥紙，耳側傳來弟弟的魑魅鬼音，我心跳如鼓，只消打個嗝，胃酸幾乎湧出。眼看彎拐無盡的山路、遮天蔽日的深林，彷彿暗示台北的難行與複雜。

一路上我暈眩冒汗、胃部翻攪，這漫長的「天路」真難行。我吞不下弟弟遞來的零食，啟程之前，我已經被恐懼餵飽了。

那時不知道台北的具體輪廓。我藉由每過一個彎道便默數「第一彎」、「第二彎」，想像繁華都市層疊的高樓，描繪模糊印象。路上的一彎一曲，彷彿外婆那些迂迴、沒有道盡的離奇傳說。五十八公里路標著台九線，暈車的我閉目休息時，常聽爸爸口述里程數來計算抵達時間。

有時弟弟為了減緩我的暈車，提議玩錢仙，我暈暈醒醒地看著硬幣在指尖下滑步，各種妖異傳說在腦中拼貼，胃液翻攪，深刻察覺胃與大腦竟連結得如此緊密。

好幾次我全程空腹，吐到胃糾緊蜷縮，只剩乾癟空囊時，爸爸說，坪林到了，吃點東西讓胃舒服些。那是座山中小城，沒有太過現代化的建築，路旁幾間尋常小吃店鋪墊鄉下宴客時的紅塑膠布，幾攤有些許人潮。我們計劃第一站是鄰居推薦的老婆婆茶葉蛋，還沒走近已聞到包種茶與中藥熬煮的氣味，接著到炸物攤，小販將刨籤的地瓜絲裹上粉漿、炸熟、取出，再炸用竹籤串著的溪蝦。

為緩解我的反胃，爸媽沒有細規此地的旅遊，不過是隨意走走，讓雙眼悠閒地與山景相遇。眼前這曾經隸屬宜蘭的坪林，流經一條碧藍的北勢溪，溪旁山林翠溢。原本以為台北多麼新奇，那天，我用五感看聽嗅聞，想證明台北與老家在氣味、景象、聲音上的不同，品嚐兩地茶葉蛋的優劣，才發覺此地的食物、山景、人情，老家也有。爸爸解釋那是未到城市核心，到了市中心，兩地差距方顯。我只覺得坪林既屬台北，也是大城市部分樣貌，無法獨存而完整。

沿路，爸爸一再強調等等到了西門町、百貨公司，必定驚訝都會的繁榮先進。那時我雖年幼，卻感受到坪林架設成休息站的體貼，讓由鄉下進大城的我有個緩衝地，如同一句話要跳接下一句時中間的逗號。我在心中存念：台北到了，這就是入口，而後尚有一小時車程，再用耳目接收華廈、車流與時尚。

爸爸會在坪林採買保胃苦茶油，據說可修復胃壁，罹患胃潰瘍的他每天以此油拌麵線。我們參觀茶農如何將幾十斤的茶籽曝曬在空地上，將一顆顆硬又苦的茶籽去殼，再送到油廠榨油。覺得台北與老家相似，也有大片茶園和農田。

駛離坪林，漸漸地眼前的綠不再只有綠，夾側開始出現與路樹一樣高的大廈，陽光在那些大樓身上閃著金光，我明白和坪林不大一樣的台北城到了。

外婆走後，全家陪我回診追蹤貧血、取道山線時，不再有嘮叨反對。我上高中後，這條公路淡靜端莊了些，彎路茂竹整齊，以前累散路旁的大石只剩零星碎礫；我也逐漸習慣地上象徵穿梭陰陽界的冥紙。北上時，媽媽、姊弟已經會用閒聊方式安撫我對陰魅山路的恐懼，爸爸擔心我吐得厲害，仍習慣在坪林歇息。那時我有篇與坪林相關的文章想投稿校刊，需要田調，我走到熟悉的茶葉蛋、炸蕃薯籤攤前，國台語交雜地問起公路沿革歷史，始知附近的古道如何搭建，這些土石細數著清代劉銘傳來台之前的歷史，斷崖側壁的坍方是長期與颱風豪雨搏鬥的現場。

曲折的歷史縱橫在山路間，像淒美神話。再上路時，冥紙仍是溼黏在地，有些飛漫樹間。也許是車子前座爸爸的寬背太厚實，也許是家人相伴的安心，加上車內隔絕了外在的風嘯，北宜公路少了鬼魅氣。我搖下車窗，肌膚因奔馳的風吹來陣陣沁涼。爸爸戲說，等茶葉蛋婆婆年老了，就頂下鋪子，開間親手料理的「親子茶葉蛋」。又過了幾年，往返北、宜行經坪林時，山邊矗立了多根白色大樁，爸爸說是未來的北宜高速公路，我祈禱工程儘早完成，就可免暈車之苦了。

上了大學後，年紀漸大的爸爸竟模仿起外婆的口吻說起了聊齋，談起我已不太相信的狐妖鬼怪。之後見我搭火車、或有時乘客運從北宜返家，總打量質疑，在他眼裡，我一身短裙無袖，紅豔蔻丹、銀飾耳環，對嚴肅保守的他而言，活脫脫是「妖怪」附身。

那時流行刻意破爛的牛仔褲，在丹寧布料的空隙中露出奶蜜色腿。爸爸訓誡零用錢謹慎花，破衣不要亂買，穿些端莊的洋裝才是。他威脅再穿這些破洞衣物、就要拿去修衣店縫合，加上身為大學生的我常在黑幕中清醒、清晨時入睡，爸爸認定我劣化了，認為台北是妖界，我變成了他不熟悉的模樣。

大學生活太新鮮了，家鄉習性太舊式了，父女多次紛爭使我疲煩。有次與父爭執完，我收拾行李與心情想返北，爸媽堅持載送，看著與我長相極為相似的爸爸，彼此的言語已經漸不相通。車內沉默著，公路里程數一字一字地改變，一個彎岔路到了坪林，陪雙親吃完蕃薯籤、炸溪蝦，爸爸坐在駕駛座不發一言。媽媽在我手上塞了幾張大鈔，叮囑好好吃飯。昔日爸爸遞茶葉蛋的手如今離我好遠，他常希望我不要困守鄉下，卻又覺得我到台北之後走得太遠了。我們都在此路上修練彼此的個性。

又過多年，我成家，北宜高速公路開通了卻經常堵車，我仍慣服暈車藥，開著這條懷念的彎路。女兒隨口唱兒歌，我無意識地哼和，陪玩詞語接龍、編童話故事。此路是條記憶甬道，有些路已然新闢，在茂密蒼鬱的林木中仍難掩妖惑。車窗外，轉彎與轉彎之間，青翠與青翠其間，仍可見零星冥紙散落。高速公路通車後坪林已蕭條，我喜歡的那攤茶葉蛋因遊客漸少，走下了舞台；此地也送走了大批車流，迎來呼嘯而過的重機車隊。

女兒小一時，才藝班老師帶小朋友到宜蘭參加夏令營，我要上班無法陪同，得知十個小一生出遊卻只有一師開著北宜公路，我有點擔心，想打消女兒出遊的念頭。我委婉警告：「北宜公路是狐狸走的哦。」一出口，外婆瞇眼悄語的神情閃現腦中。想到爸爸年老後相信外婆的警告，他們是否和現在的我一樣，說這些話時，是不希望讓孩子離家，是掛心的擔憂。昔日姊弟繪聲繪影描摹鬼怪、我被驚嚇的年幼時光、遭父痛斥的青春年少……此刻蜿延迂曲，像極了這條彎彎拐拐，然後再延展的道路。

雨鄉符

我家這排四屋毗連的九旬老宅，磁磚多處斷裂，天花板、牆壁常是哭過的顏色，因此全家聽聞颱風來襲便色變。為了抵擋風災，當地家家戶戶幾乎都在窗戶外部再加裝鐵捲門。似乎應驗了墨菲定律，怕什麼就來什麼，《天下雜誌》報導島上至今登陸的颱風有一百八十八個，宜花地區最多，占了四分之一。

我年幼時有次颱風來襲，鄰居的捲門鐵板被強風掀飛、捲起，擊碎窗戶，我爸嚇得趕緊訂製防颱木板，一有颱風警報，全家便將厚重木板從一樓倉庫抬出，費力搬到二樓鐵捲門外拼裝。風在外肆虐，全家則縮在「古木」裡。風散後，原本和捲門外的軌道接合地恰到好處的木板反倒卡得太緊，拆卸費力耗時，原來木板吸水之後會稍稍膨脹。我北上讀大學後暑假經常待在宿舍，躲避防颱家事。

我大學畢業那年暑假，家教七月中旬才結束，社團好友們計劃宜蘭三日行，託我當嚮導。他們看到我家附近的車子出租行、機車龍頭都加裝附有自動雨刷的塑膠玻璃擋風鏡，嘖嘖稱奇。我解釋宜蘭的形狀是一只深底大炒鍋，鍋口向東，盛接無盡的雨水及海上強風，天空那條毛巾怎麼也擰不乾，褥暑時，鍋底彷彿燒著爐火，空氣升起濕黏的蒸氣，配上強風，眼前盡是茫茫霧氣。那年代騎士沒有強制戴安全帽，風大雨急時，瞇眼行駛雨鞭裡實在危險（後來接觸漫威電影，風鏡對於機車與騎士而言如同美國隊長的盾牌）。

我們一路騎到宜蘭市北邊的礁溪吃海鮮。之前另一群朋友在臘月走訪礁溪溫泉，機車騎到中途便想改搭計程車，因為冬季時宜蘭朝東的鍋口吹進強風，風打到礁溪側山便逆捲成渦流狀，成了當地特產——落山風，吹得塵土飛揚、機車蛇行，行人不便行走、雨傘翻折。

社團好友的旅行在次日匆匆結束，有位不速之客——「賀伯」強颱直撲宜蘭，聽說個性猛爆。

那是七月倒數第二天傍晚，爸媽先外出採買吃食用品，全家便啟動了防颱工作。我們先到祖先牌位前拜拜，牌位前放置全家的平安符。每有颱風警報，爸爸便去熟悉的三星鄉廟宇求符。黃符紙摺成六角形，上有紅黑筆畫，裝在黃底塑膠套，用紅棉繩串起。風災前持符祈禱的習慣自爺爺那一輩流傳至今。等爸爸低語祈求完畢，我們便去一樓倉庫抬木板，到二樓前後陽台窗戶邊拼裝，過程如重訓。大學躲了四年的這份差事我完全不陌生，早已內化到肌肉記憶裡了。

不知是我們動作太慢，或是不速之客來得又快又急，防颱板尚未裝完，雨柱便啪啦地擊打門窗。我家是兩層樓，位於連排的四屋最左，前有大水溝，左是空地與稻田，沒有遮雨篷，大雨一來水滲入牆，且不斷地由窗縫噴進屋內。二樓後陽台傳來爸爸急吼：「衣架和竿子全被吹到隔壁的鐵皮屋頂了。」他交代我穿好雨衣，隨他到屋頂收整電視天線。

隔天，「賀伯」的風速達強陣，屋外「碰」、「喀啦」巨響不斷。爸爸命全家將門外機車、腳踏車遷入屋內。一開門，撐開的傘骨立折，驟雨來襲，物品落地的乒乓聲不絕，鄰居種植的紫薇被風捲掃。我急關大門，斷裂的紫薇枝幹飛撞到我家一樓欄杆。

晚飯後，一切如大敵來前的備戰狀態。廣播氣象台播報颱風從宜蘭登陸、停班停課及災情，它來得又快又急，似乎警告我們原先的輕忽。當電台報導數十人人罹難、百屋倒塌、上千處道路坍方、某地屋頂掀飛、何處發生土石流，爸爸焦慮地反覆去牌位前持符拜拜。堅固的防颱板將家築成穩固的雕堡，而拜神、拿符是爸爸篤信會平安的心靈盾牌。

不知過了多久，「淹水囉，水入來厝啊……」聽到媽媽尖喊，我跑到客廳，水漫進一樓客廳地板，燈隨即熄滅。

我們早已備好手電筒。爸爸捲起褲管，拿盆舀水靜置十秒，「水無濁濁，免驚。」他教導水若清澈，是雨下得太急，排水不及，才導致雨水灌入；水若濁黃，是上游水庫或堤防潰溢，得撤離。水用它的表情，告知我們吉凶。

水不斷地從客廳門縫漫入，媽媽拿十幾條抹布堵塞門檻下方溢入的水流，姊姊指揮我將地上的鞋、報紙、爸爸老家送來的蔬果移往二樓。幾圈切面的冬瓜下緣浸水，我趕緊撈起，放到二樓階梯平台。轉瞬間水已漲到腳踝，爸爸命全家上二樓，等水退了再來清掃。

長久以來我和家的關係類似情人，相處久了，對方的缺點直曝於前，因此上大學後我幾乎躲在台北避免爭執，但相隔日久，又漸漸憶起對方的好。我很慶幸能與家人一同面對如此可怕的風災。

我們蹲在樓梯轉彎處，看客廳地板浮起爸爸的鞋拔、媽媽常搖曳的團扇、我和姊弟去美濃做的油紙傘……全家盯著一樓滲入的水，聽風雨重擊屋壁、門窗，有時誤以為漂流在海上。

那是沒有手機的年代，我們只能從廣播得知颱風即時快報。聽到南投水里、鹿谷鄉山洪暴發，人遭活埋、屋倒十多間、農損慘重。那些數字都不只是數字。爸爸說三星老家以前遇到風災水患時，最要緊的是將一樓的棉被扛在肩上，既防被濕，也擔心屋頂倘若掀飛時，頭部還有個防護罩。

好奇老家那些雞鴨如何搬遷？「無法度搬，攏要看天公伯啊。」爸爸嘆氣，辛苦種植的蔥稻也付諸流水了。他的老家務農，由於生活窮困，屋子多用竹材簡陋搭建，四周全是水圳田埂，一淹水，竹造房子全無遮風蔽雨效果。爸爸後來搬到繁榮的羅東鎮，提及友校蘇澳南安國中因颱風來襲，被迫遷址多次，民國四十九年「雪莉颱風」侵襲，教室屋塌，教具、圖書損毀；隔年受災校舍修復後又遭「波密拉」颱風肆虐，受損更嚴重。幾天後強颱「瑪麗」又來，校舍毀損過半，校方決定遷到附近山上。

這段血淚在年節陪父回老家時，常聽長輩提起。「雪莉」是當年八一水災的禍首。

「跟這次比起來，哪個恐怖？」我問。

「是欲按怎比啦？攏真恐怖。老家甚恐怖个是民國三十三年…………」爸爸低沉的嗓音將我們拉進了他八歲那年的水患。

三星老家位在蘭陽溪中游二萬五村，全村百來人，沒有市集、小學、藥鋪，爸爸總要走好遠的路到一里外的紅柴林村上學、採買民生品。紅柴林是當地市集，不同於二萬五村的僻靜，常是人聲沸騰。爸爸最喜歡販售麥芽糖捏製十二生肖的小攤，看著小販用長竹籤挖勺麥牙膏，用剪刀這修那挑，活靈活現的動物就完成了。爸爸說，「無錢買糖，用目睭晶晶啊看，嘛親像呷甜甜。」

某熱夏夜晚，空氣悶熱一如往常，爸爸僅著汗衫睡在通鋪上，誰也沒嗅出不尋常。睡夢中，「大水來啊，趕緊起來，淹大水啊……」爸爸起先以為還在夢鄉，眼睛一睜，立刻返回現實——全村停電，黑暗中藉著水的反光隱約可見大水湧進泥地，水漲到小腿肚，鞋、扇、板凳載浮載沉，大家驚慌失措。爺爺令全家鎮定，舀幾瓢水凝視，皺眉說，慘啊，水濁濁，上游堤防崩了。爸爸有九兄弟、六姊妹，爺爺叫全家戴上廟宇求來的平安符，到後方倉庫半樓仔避難，說萬一大水來襲，帶著符，神明能保祐，走散了，神明會指路。

年幼的爸爸隱身在半樓中，牢抓著年紀最相近的六哥的手臂，風雨狂掃三合院屋瓦，斷枝石塊衝撞木門板，聲如鬼魅叩門、閻王催命，看著桌椅、犁田農具一一漂起，爸爸覺得即使家人在旁，命運也如眼前物件般不定。

大水過了一天才緩退，家中女人清掃黃泥，刷洗被污水浸泡整夜的被單；男人上紅柴林採買民生品。因學校停課數日，爸爸也跟著兄長去市集。一路上泥水未全散，蠢蠢欲動地想伺機再起，沿路漂著淹死的雞鴨豬隻。

那天是颱風走後的隔日，天氣炙熱，到處揚起風飄沙，爸爸瞇眼，未到達目的地，已先聽到零星哭聲及警笛，帳篷市集何在？水上漂著小販營生的搭台架，箱子鍋碗到處游動，本是市集擺攤的彈珠台、攤販車已四散。爸爸到昔日攤位前，麥牙膏鐵鍋陷在泥裡，小販展示動物的木製台只剩一塊板子。當時沒有電視，爸爸只能拼湊警察及老一輩的說法：因颱風來襲，蘭陽溪上游山洪爆發，圍堵洪水的八王城堤防崩塌，溪水氾濫，大片黃泥將紅柴林的房子掩埋，多人慘遭活埋、溺斃。那夜，三星鄉整片灰茫，全村盡沒，近百人喪生。

光想畫面，我的手臂頸背起了疙瘩。爸爸說眼看溪水浮著上游沖來的殘軀，他轉過臉不忍再看。鄰居轉述，嚎哭的親人趕到現場這翻那搜、試圖尋找熟悉的形體與衣物時，轟然巨響夾雜著民眾的尖叫和走避，現場有間土埆厝忽然倒塌，橫在河床上，濺起高聳水花。

當日人世哀景，讓年幼的爸爸心驚地握緊項頸間的平安符，低喃祖公祖媽有靈，神明保庇。

後來我查詢紅柴林的災後重建，竟沒有經費修理堤防，因為那時日政府忙著二次大戰。那是比颱風更浩劫的災難。

不知過了多久，從樓梯間的小窗看見外頭風雨未歇，這位「賀伯」大人還不想離去。我盯著階梯平台上那一圈圈摘自三星老家田裡的冬瓜，不知老家菜園損失多少？靠天吃飯的農民，命運從不由己。

全家玩了幾輪撲克牌，吃著平日爸媽叨唸的垃圾食物泡麵，在我們玩樂、還沒有真正親眼見到屋外災情時，風雨漸漸小了，電台說這位火爆客人即將遠走福建。爸爸下樓看看水退了多少，我看著他削瘦的背影，聽一樓傳來嘩喇嘩喇、水被雙足滑開的聲音。

牆上的樹

大學畢業後好一陣子，又重拾青春期的習慣——常默唸外婆幫我取的日文名字あいこ，愛子，發音是Aiko。當時在職場上認識號稱一米七的他，極有默契的兩人有時談著理財投資、股票基金。他媽媽相當擔心我的結婚基因：「爹矮、矮一個，娘矮、矮一窩。」許久之後一米九的田徑好手跑進生活裡，我們有著天龍地虎的最萌身高差。有天他的頭漸低，我仰著臉使勁踮腳，手圈住對方頸項像長臂猿攀樹，惹得他捧腹。由於一次次的笑場，他褪去了熱情，退到友情線。原先我也跟著笑，笑著笑著就哭了。

沒想到已經步入社會的我，身高低矮會壓低以為完好的自信。這不是容貌焦慮的青春時期才有的患得患失嗎？

會有あいこ日文名，是青春時期痘子與身形飆長的同儕裡，只有我的身高如如不動，被取個綽號：矮子。回家後我坐在玄關牆的樹型身高壁貼旁掩面。外婆將「矮」改成四聲「愛」，寫著あいこ筆順。後來我修習日文，始知此名源自《孟子．離婁》：「愛人者，人恆愛之。」

這綽號有許多變形：矮仔冬瓜、小蘿蔔頭，真不知同學是討厭這些食物或是討厭我？外婆解釋每家都有些遺傳表徵，例如痣、捲髮、眼皮的單或雙，我家是身形——祖、母、姊姊與我身高雷同，一門四傑，外婆希望我聽到這些綽號能湧現日文名字帶來的溫暖。外婆住三星鄉下，我家位於繁榮熱鬧的羅東鎮，兩家車程半小時以上，她後來重摔骨折、身體日衰，同屬嬌小一族的媽媽和姊姊成了我抒發心情的樹洞，即使她倆經常給予我的回應是：「聽這衝啥毀？無聊。」我不清楚姊姊是否受到同學訕笑，然而她身為長女，從小備受疼愛，總是自信滿滿。

中學時班上高人很多，站著與我說話總是抬不起頭，合影時為了避免畫面截頭去尾，常常是眾人微蹲而我踮腳。

「天公做人个時陣應該足合意芭蕾舞，捻一寡較細漢个人會當躡跤尾（踮腳）啦。」媽媽的解釋是我聽過詮釋身高最浪漫的說辭。她向來對孩子不是很有耐心，那天破例安慰也許是因為我眼淚的龍頭壞掉了。之後每個月她會邀我在壁貼上相互畫記（姊姊之後北上唸大學，不太參與這項活動了）。我由樹幹中段漸漸竄升，媽媽的標記始終停在某刻度。小時我關注的並非數字，而是何時可以追上她，直到被叫矮子的那一天。

媽媽先白了我一眼：「你足無聊。」接著教我應對，「笑著對啊，細聲唸Aiko。」心情不好的我甚至將全家矮小的原因，歸咎居住的羅東鎮地勢低、家裡房子矮。地理課提到宜蘭形狀是個開口朝向東方太平洋的畚箕（但我覺得比較像深底大炒鍋，茫茫的霧如水蒸氣，除了冬天之外空氣悶黏難受），我家所在的羅東是蘭陽溪下游沖積平原的外圍平地，鎮東隔一個鄉便到了畚箕口。整個蘭陽平原平均海拔一百公尺以下，由西向東地勢漸低，到了更東邊離海近的羅東鎮以東，高度降至五米以下。至於我家這排房子是四棟連排，我家是最邊間、兩層樓，鄰棟依序是三層、四層與兩層半透天厝。早年附近鄰居想加蓋地下室、超抽地下水，我家的地基微微下陷。媽媽對我這些在身材矮小上牽強附會的想法是猛翻白眼。

好奇媽媽遇過身高困擾嗎？她總是撥撥瀏海將問題撥了過去，要我背誦不知何處抄來的句子：「數字只是符碼，不是標籤。」

但有些標籤黏性極強。時常看見別班某嬌小女被捉弄，向師長控訴，大家總這麼說她：「矮子矮，一肚子拐。」後來我因為身高被人指指點點時，就弱弱地笑了笑。

想遠離矮子綽號，躲藏是徒勞，我盡力適應高個子在頭頂飛濺的口水、承認肩膀是他人的扶手、習慣看表演時眼前是一顆顆腦勺。班上說胖子努力點便可輕盈，矮子只能來世再投胎，我本不這麼宿命，後來身邊許多減肥的朋友屢挫屢戰，體重果真緩降，而我在壁貼上的高度，自國二後始終紋絲不動。比起我的身高，媽媽更在意成績，她希望我把注意力放在功課，耐著性子開導：生活上變動的事太多了，固定身高會帶來某種安定感。後來當我被數字困住時就低聲唸著Aiko，試著相信外婆給予的相信。

佛號似的唸法有天失靈了。那是段考和模擬考循環的無間地獄，爸媽的眉頭被投資失利重壓，冀望孩子能考上公費學校或公職，聽說親戚任職的調查局四等特考及警大可讓高三畢業生報考。聯考與國考的準備並進，除了國、英共同科目，我到補習班購買國考講義及歷屆試題。日子過成糾纏的線。

高三下某晚，我偷喝爸爸的加利安奴酒，羅馬柱瓶身、琥珀液體、八角混合橙味，熱辣嗆得直流淚，不斷回想白天詢問警大報名時、教官打量我的身長：「這高度、抓歹徒？」拿出一米六齊眉警棍、一米二長盾在我身上比劃。當嚮往的物件化成與自己比較的數字時，一切似乎實用主義了起來。

媽媽對我無法報考高風險職業倒是鬆了口氣。那時大學聯考迫近，她擔心我的心情影響讀書效率，因此試圖表現難過我的難過。她比了比母女倆米粒之微的身高差：「你長江後浪哦。」穿衣鏡裡的相似身形讓我佩服且感嘆，佩服強大遺傳，感嘆多年來的轉骨湯清水般地流逝。

那陣子極擔心脊椎和生長骨如化石般定住，天天奢望它們能節節攀梯緩升，然而體內這座幾乎固定階數的樓梯的幽暗處時不時響起人們的足音，襲來陰惻惻的音效，只好想像光從階梯平台處的小窗斜入，外頭是亮燦燦的天。

想起媽媽對矮個子的芭蕾詮釋，我開始頻踮腳尖，只是當時價值觀與目標被連根拔起，我是跛腳的芭蕾舞者，漸漸明白數字是無辜的，當它不是對照組時。好友拍照時發現相片裡的我踮成離了土的樹根、虛虛點地，她勸，坦承身高是一百五十二公分，做自己不好嗎？

我是一百五十二點五哦，強調零點五公分有些好笑，那已經不是單純指涉實質上的數字了。當積蓄所剩無幾，一元、三元都會精算，億萬富翁倘若掉個百元，不過是落了一葉。警大事件以前我天天平底鞋，以為做自己就好，直到想應聘工作時。

五月初公職考試報名，做自己意味著回家吃自己。審查小姐連聲抱歉，我才驚覺有些國考有身高限制，看著手上的補習班傳單：「王牌師資，讓你畢業就有穩定工作。」然而體檢一關，我連買票資格都不符。

自小家訓是：後天努力很重要。轉骨期我天天跳繩、早睡、喝牛奶與補品草藥，漸漸明白身高對我而言最顛覆「勤能補拙」這句話。長相尚可倚賴化妝，想應聘的工作卻必須赤腳貼地，不容半點兒人為的矯飾。

警大及公職特考資格落空，人際、考試、未來如過大的螺帽，矮小的我怎麼也拴不緊。在數學課堂認識「大於（>）」、「小於（<）」、不等式，在生活中則是親自體驗。媽媽成了我情緒的出口。

都是你的基因害的啦。

「幾歲？猶閣為袂使改變个事實流目屎，健康生落來就阿彌陀佛啊。」媽媽討厭淚眼看世界的人，「恁阿嬤講過：濃縮个攏是菁華。」

我的內在衝撞許久，無法不去想如果身高高一點，成長過程能平順些嗎？「那個我」到了青春期會煩惱什麼？個性仍如此易感嗎？

想起母女曾對《豌豆公主》這則童話起了爭執，我站在原著立場，媽媽是現實派，認為公主太敏感了，生活中有那麼多豌豆瑣事，她強迫我以另一種眼睛看事物：留意小隻女的優勢，例如鞋跟高度任意選，省布料環保愛地球，「無高个人看起來較少歲（tsió-huè）。」但我仍然羨慕高個子取物伸手即可、買衣如量身訂做。

我跨出升學牢籠後，有天穿上十公分矮子樂，彷彿修圖增長了小腿尺寸。只是厚鞋比例反而強調身長的不足，笨重厚底不耐跑跳與長時走路，誘發了足底筋膜炎；改穿三吋高跟，承受壓力的腳掌悶不吭氣地變形成拇指外翻。

媽媽很少買成衣，多請裁縫訂做，她常說矮不是我們的問題，問題出在衣服，穿搭要上短下長、秀出高腰線；褲鞋同色，避免視覺斷裂；長褲洋裝過腳踝、拉長比例；能坐著拍照就不要站立，若必須站著，雙腳要一前一後，相機角度由下往上拍。

偶爾我仍憑直覺穿搭。不知何時開始，萌生了另類想法：穿錯又如何？對與錯也許只是審美觀相左，即使腿看起來短了些，但我活在別人的嘴裡與眼裡太久了。想起外婆家對於植株是任其細瘦豐茂，不標長度。我很喜歡高中時的座位，不按身高排列，高個兒若在前排就不要坐太挺，嬌小者在後方，眼鏡度數要配足。參差排列看來有點亂，但那是世界的樣子。

常思索自己是受困於身形或是外人的言行？自信不夠嗎？是否被叫矮子時年紀還很小，捏塑好的自信入窯燒製，爐門卻頻頻打開使冷風灌入，有時還有鐵器伸進來撥動，多少會干擾成色。

我修完教育學分，在北市某中學實習，我的班全是男生。朝會時高壯學生讓我彷彿潛入深海，教室沒有講台，黑板凹槽及我胸處，板書時如仰觀日月。班親會家長的眼光透露：這老師鎮得住男生嗎？起初我也沒信心，只能拿出輔導專業與教學良方，與學生談話必定對坐平視，慢慢靠近的心理距離縮小了身高差距。但某次班上躁症男孩與鄰座肢體衝突，我以為拿出老師氣勢必可震懾高壯的兩人，豈料掄拳的方向朝我而來……

教學險境讓我考慮轉行。許久後在技術士技能中心進行烘焙術科考試，監考老師宣布：「確認自己的位置。」那是實踐大學烘焙教室，望向三層式大烤爐，最上層？高我半顆頭？我……的位置？踮腳將麵糰送入爐內時，手肘不慎被烤盤燙傷。也許有些東西的位置早已訂好了。

在職業修羅場歷練，漸漸明白有些工作與身高互為因果，對自己以往跨不過身高門檻而被刷掉報考資格較能釋懷。多年後新聞報導司法、調查局特考取消身高限制，我很是歡喜，這些單位已明瞭幾公分的差距在時間催化下，終會被敬業負責的個性取代。也許手持蠟燭看外在，日久，內在的樹洞也能被照亮。

鑑於出社會後、由於我的個子使得兩段情感無疾而終，不太清楚身高是主因還是藉口，卻造成我經常在單身與找伴之間猶疑。後來我聽從親戚安排相親，媒人希望我的身高能摻水到一米六，她據經驗值：女孩一百五十六至一百六十二公分是百搭熱門款，我太走個人風了。

我……是限量款呀。

情感的相處終究要習慣裸裎相見，容不得假，數字一百六的我扮演不來真實的一百六，我習慣踮腳，經常調高駕駛座椅。

不太喜歡擇偶時要附加尺寸籌碼，感情一受挫，旁人便歸咎於身形。對於感情無果，媽媽經常毒舌地說兩邊个目睭攏生底天頂。有次見我臉色垮下來，難得安慰，「恁爸彼爿嘛是一直按呢講我……」我追問，她的表情不再給予更多線索。媽媽如何吹散這些風雨呢？雖然我與她時有爭執，她卻穩穩地將我吹到了這裡。後來花了好長時間我漸漸想通了，身高是自己的事，一個人過也挺自在，該是將被來來去去的人挑弄的心捍平，撒些美食淋點油花。

我即將成年前的暑假，在台北國家戲劇院欣賞雲門舞劇《九歌》，有位嬌小舞者飾演女巫，紅紗衣、蓬鬆長髮，如神靈附身般地全身抖顫、恍恍惚惚地召喚神祇，整座劇院像個祭壇，讓人震撼。我留意起這位小個子舞者，李靜君。接下來我因為修課、實習、工作、在高房價高物價的台北生活，幾乎忘了曾經撼動我心的舞者身形。直到千禧年暑假，席幕蓉老師〈舞者　給雲門的靜君〉詩作刊在中時《人間副刊》：「那雲霧是如何地奔湧追逐／宛轉挪移成形／你微微側身　舉臂／我們才看見了　光」。彷彿再次受到巫者召喚，我報名了雲門舞蹈教室律動課程，雖然肢體已經不如年輕時柔軟靈活了。陸續看到報導，李靜君提及自己身高一米五，學舞過程聽過無數難聽的話，總被勸退，然而意志堅定的她加入雲門超過三十年，二〇一一年以「二十年來台灣舞台上最閃亮一顆星」榮獲國家文藝獎。

頒獎台上的她個子很小，留下的身影很長。

我不到而立之年罹患子宮肌瘤，下腹經常劇痛、出血，加上久站造成的靜脈曲張如蚯蚓蟄伏在後大腿肌膚；媽媽在那些年左右手抖得幾乎拿不穩筷子，被診斷罹患「原發性顫抖症」，同時也患有重度的骨質疏鬆。接連來襲的病痛讓我關注病情的變與不變，穿搭開始不重身長比例，以方便透氣為主，鞋子一律平底，很少踮腳了，腳平平著地。

後來我的腫瘤必須開刀，矮小往事從深色似的醬油裡滲進了許多水，氣味色澤日漸淡去，嚐起來微微鹹澀，淺棕畫面倒成了泛黃的底片，底片中，我體內有個模糊身形逐漸長高。

近年媽媽骨鬆更嚴重，爸爸、姊弟忙時，便由我陪病。在醫院扶她照X光時會經過小兒科，經常傳來大人為啼哭嬰兒量身長、頭圍的交談。有次媽媽提起當年早產的我太小隻，也許影響了日後發育。

媽媽每年倒縮兩公分，須注射骨密度針，副作用是連日高燒、筋骨劇痛，她因此畏懼量身，不愛測身高的我得時常哄勸：一起量。醫生說骨鬆好發於停經後的矮小者，媽媽的反應是，「矮——真正有差——」那天針劑反應必定極度不適，以前她教我面對矮，是不斷唸著Aiko，常用事物的不變會帶來安定感來開導，接著說，例如身高，最後白了我一眼叨念：「直直（tit-tit）聽別人哩講啥，無聊。」

家中的身高壁貼曾讓矮小的我極度排斥，如今上頭的畫記更加零亂，似乎在樹上掛滿了四季。標示媽媽身高的註記每年每年直往樹根方向一點一點地滑去，如片片落葉。好希望她不要離我太遠了。

如廁

初夏午後日光炙曬，我赤腳站在曬衣場，雙臂抬起與肩齊高，天氣熱得讓人想躲進曬衣桿上被單的遮蔭裡。爸爸命令我立正，指著眼前的衣、被重複：「四歲了，還尿床。」洗衣劑的香氣混雜著我的汗味。舉高的臂膀止不住地抖，雙腿好痠麻。

那時父兼母職打理家務，因為媽媽在外地讀專科，週末才回來。平時我們彷彿住在遊民之家——衣服堆疊在床，垃圾因累積多日、果蠅盤旋四周，碗盤疊放水槽，三餐是稀飯佐醬菜，一塊豆腐乳吃兩、三天，一鍋排骨海帶湯因反覆加熱而渾濁油膩，軟爛海帶飄浮其上。拒吃就要面壁罰站，我已經算不清與牆壁無言以對的次數。

那時我太小，不明白從小到大不必做家事、備受疼愛的爸爸，在婚後必須照顧兩個幼兒多麼疲累，我只覺得神經時常要綳緊，因為家裡的氣氛像鼓脹到極限的氣球，一觸即破，我抓不準爸爸下一秒的情緒，他也掌握不住個頭才一米高的我的心思與作息。媽媽不在的日子，我、姊姊與父同床，我常在夜間閉眼大哭，收驚、祭神、貼符咒均無效，爸爸只能強撐著身體直到天亮。他常抱怨為何同性別的孩子要生兩個？加上我經常夜哭，他怕死了愛哭的小孩。他的不耐讓我將指甲啃得光禿。

姊姊是家中第一個孩子，備受爸爸疼愛，所有的啼哭撒嬌、翻身爬行，都是爸爸眼中的初次珍藏。我模仿姊姊說話的語氣、動作，學她對爸爸眨眼、嘟嘴的嬌憨表情，爸爸只說他好累，要我別吵。也許模仿複製不如原創吸睛，長相與姊姊神似、同樣髮長及肩，日日都是小姊姊一號的俄羅斯娃娃。我唯一不想模仿的是姊姊的衣服，可惜事與願違。

與父同眠的日子，白天的緊張反應在夢中，我的下半身經常流過一股溫熱，即使被子反覆洗曬，但是被尿液浸過的色澤就是較他處深，床墊被浸出小小的臀形。

那時已經讀小學的姊姊梳洗自理，我只能倚賴爸爸。洗髮時，爸爸拿捏不準力道，一個手勁過猛便將我的頭按到盆內，猛抓、力戳頭皮，我的口鼻浸水劇咳，雙手懸空揮舞。爸爸定住我的頭，下令別再亂動，否則自己洗。我猛咳，想吸氣，眼睛眨進肥皂水，鼻子口角全是泡沫，嘴像上岸的魚般開闔。上岸的魚亟需水分，我體內的水竟在此時流淌體外。

我尿在廁所地板了。

我有個陋習，被罵時總想上廁所，彷彿想藉著膀胱紓壓來紓解委屈。爸爸更火大了，叨唸著女生真麻煩，當初本來要生男的，有人硬是要留下。這話我常聽，媽媽在家時會向爸爸使眼色，我總寬慰著媽媽是站在我這邊；媽媽在異地求學後，爸爸的話更加明晃晃地掛在嘴邊。

隔天，爸爸嫌女生洗頭麻煩，將我的髮剪到耳上。如男生。

我開始學習當男生，玩車子、不穿裙子、捨棄娃娃玩偶、私下觀察爸爸的尿姿，學習站立小便。我以為只要將雙腳打開，熱流便會像拋物線射向便桶，事實上熱流先沿著腿內肌膚蛇行，再以十五度弧形歪斜地流入便桶內，溢在桶沿、地上。怎麼不能像卡通畫的完美拋物線呢？

爸爸氣急地刷衣洗地，我則練習沖洗身體。爸爸曬衣，也把我帶去頂樓陽台曬日，將我立成曬衣桿，直到太陽西下。

有次我罰站頂樓曬衣場，爸爸叫我看家，他和姊姊要出門。我自行縮短懲處時間，想下樓回屋時，頂樓通往室內的門被鎖住了。灰幕漸垂，街道路燈沒亮，鄰居屋內的光將燈柱影子拉得老長，如鬼魅。我拍門、喊叫，宇宙彷彿只剩我一人。

也許是長在爸爸期望的性別之外，因此被忽略了。

此後每天如廁，我更加努力學習當男生。在成為爸爸期待的性別之前，我像是尿失禁患者，腿上、褲子經常流著失敗的水印。爸爸說，孩子到了三、四歲，貓狗都嫌，我竟然還出現退化行為，他認為我白天也得包上早已解下的尿布。媽媽週末回來，得知後堅決反對，因我得過尿布疹，皮膚潰爛，況且布尿布刷洗的麻煩不下於衣褲。

罰站與責備重複播放，我開始苦思摸索良方，如廁時，偷偷攜帶兩張家裡撕下的日曆紙進浴室練習。有次姊姊好奇是要用紙張代替衛生紙嗎？我不想和她解釋，女生不了解「男生」的辛苦。

我將日曆紙捲成圓錐狀，錐尖縫隙如眼睛大小，圓錐寬嘴邊緣罩住身體的尿液出口，腳掌站成外八，雙膝略屈，臀部往前頂，水流便會順著紙錐孔洞蜿向便桶內，我再縝密地將濕漉的紙張摺小，丟進廚房垃圾桶。漸漸地，我不再禍及衣褲，只要勤練，在便桶前、在爸爸心中，我也可以是站姿雄颯的男生。

為了更接近爸爸想要的性別，我私下在陽台學小叔叔外八字站法，看著花草對我彎腰，得意地幻想前方一排人群正對我俯首。

但不久之後，我無預警地被送到外婆家久住，因為爸爸胃潰瘍開刀，家中不巧來了位新成員——弟弟，媽媽忙得分身乏術。那時我年歲太小，不知道什麼是妒嫉，只記得我嚐了弟弟的彌月油飯，糯米香而Q彈。

外婆家的作息、語言和爸媽家完全不同，便桶是蹲式，那時我如廁的站姿技巧已經嫻熟，蹲式廁所對我易如反掌。

有次外婆發現我站著如廁，驚愕地力矯，她縫製洋裝、蓄留我的髮，力圖喚醒我是女孩。但我只想殺死體內的女生。

外婆嚴厲教導兩腳不能張太開，坐著如廁時大腿要向內縮，好女孩對於身體要有羞於見人的恥度，不能和男生玩太野，令我穿上裙子。我體內的男孩愈強，外婆愈是命令「他」縮回去。

若我站成外八，不論如廁或平時站姿，外婆會罰我到三合院稻埕久站。處罰時，站姿要雙足並立，最好站成帶點可愛柔性的內八。處罰結束，偶爾，我會追在幾個鄰居男孩的身後，看他們打彈珠、玩尪仔標，他們要我去找女生玩，但我的女生魂早就被擠到邊緣角落了。我也不知道對於男女角色的動作、想法揣摩得如何，以為站著如廁，就是男生全部。

上小學後，女生結隊如廁，我不便拿紙張入內，回家才偷偷練習站姿。有次尿道發炎，灼熱的不適及多日高燒，坐著如廁較能減緩疼痛，我才漸漸停止練習「站姿」。在性別的模糊徘徊中，我漸漸抽高身形，內心卻常停留在被關在曬衣陽台、等了數小時，期待門縫照進一束光的那年。很久之後明白，爸爸與我同樣期待光，他在我出生之後又等了數年，才在產房迎接日光般的男嬰。

高中時，好友知我小時如廁的事，她說自己也經常在洗澡淋浴時、隨著水流聲自然地站著小便，水溫讓肉身與神經放鬆，她便自由宣洩。她要我感覺站與坐的如廁方式都能夠自在，無人規定男女應是何種模樣。

廁所內站或坐，是我自己設的框架。爸爸也活在框架中。

如今我已中年，有家庭事業，雖然偶爾仍在乎爸爸的眼光，搜尋他的眼神注視何方，但我已明白內在想要的是什麼。若能再返回幼兒時，我想將日曆紙捲成擴音器，告訴那小小的我，做自己就好。

十歲之殼

六月，烈日從體育館兩側窗戶照進，巧拼地墊灼灼發亮，距地墊不遠處的跳箱皮革表面顏色深了些，是前一個班級留下的汗漬。是的，這是我們小四生必須勤練才能跨越的檻。

跳箱運動對我而言極其困難，全身要像蓄勢的貓，助跑初始步伐要輕才利於最後一躍，接著越跑越快，估量距跳箱僅剩一步，用盡全力踏跳，雙手如爪，力按箱頂，背脊彎成新月，身體騰空的瞬間、四肢收攏如匸字，最後輕輕落地，再挺身而立。

為了準備端午後的跳箱期末測驗，除了體育課，班上會利用下課到體育館練習。六月天好熱，運動時更是悶到極致，汗水在背上幾乎凝成鹽殼。學校沒有經費加裝冷氣，堆滿運動器材的體育室半絲風也吹不進來。練習完，我們會收整巧拼地墊，體育老師則是分送蘆筍汁作為鼓勵。

幾次課後私下練習時，體育老師會來指點。老舊體育館內有體操選手重訓或拉筋，有羽球拍擊、籃球砸地之聲，與蒸騰的汗酸在館內發酵成一片渾濁喧囂，得靠近老師一些，才聽得清楚口述的跳箱訣竅。觀察與實做是兩碼子事，跳箱是精算時間與律動的技藝，我雙眼錄下老師的每項動作細則，透過腦袋推演後再形諸肢體時，卻完全變了樣。大家羨慕可以讓英挺的老師個別輔導。我不太明白什麼是英挺，家裡的男性只有爸爸與讀幼稚園的弟弟，只覺得老師對體育不好的我極有耐心，比起爸媽動輒吼罵令人感到寬慰。

快近期末測驗，我下課練習愈勤。有天我的手按壓箱面，但雙腿沉重無法跨越，一隻大手撐起我的腹肚，另一手托住我的臀緣，將我托舉過箱。我心頭掠過異樣，隨即自責多心，班上多少人想找老師個別指導。接下來練習如常，也許方才是我的拙劣姿勢讓老師不忍直視吧。

期末測驗前某日下課，那雙手掌又再度不經意扶我上箱，一手撐住我的肚子，另一手順勢掃過大腿內側。對方表情平靜，一定是我太敏感了。事後我不免想著，那天跳箱是否記下了那雙手從指導前到越界時溫度的變化？

當晚飯桌我談到下課勤練跳箱，正要提那雙手掌，爸媽同時開口：「體育不及格很丟臉捏，國語數學不行，連體育也不行哦？」我慌忙把飯和話語囫圇吞下。那個年代老師永遠是對的。那些沒說出口的字句在胃裡結成硬塊。往後青春歲月，我的胃經常發炎悶痛，不禁懷疑是否當年吞下的字塊作祟？

跳箱在我眼中變得更巨大了，每個放學後的黃昏裡它彷彿有了生命，兀自增生——先化成高高的公布欄，繼而長成風雲長廊的巍峨梁柱。我站在助跑點測算角度，發現要跨越的不只是疊架層層的跳箱，還有老師的權威、爸媽的面子、同學的眼光。不知道老師如何跨過身體的界線？

後來我拜託同學陪練。同一時間有位學姐課後找體育老師補考。體育館走回教室途中有一排長形風雲走廊，廊壁貼滿榮譽榜，學姐的名字常在其中。我與她是點頭之交，因為家住得近，會排同一個回家路隊。

風雲長廊盡頭有個水池，繞池右轉就是教室。水塘上舒展著一葉葉睡蓮，有十幾隻蝌蚪在葉下竄動，不知是不是上完生活課生態觀察後被我們放生的。有天體育課結束，驚覺睡蓮寫生作業遺落在體育室。我往體育館方向疾奔。

天氣好熱，手心背脊全是汗，長廊怎麼較來時漫長許多。衝至館門，老師正指導學姐跳箱。本想一拿到作業便走，不意瞥見學姐坐於箱上，老師一手托起她的臀，另一手搭在她肩胛骨上。我的腳步聲讓兩人同時轉頭，學姐大大的眼睛望過來。我快速跑開。

我三歲時被父母送到外婆家久住，常有寄人籬下之感；七歲後回到自家又格格不入，看似有兩個窩，心卻沒法安住，如遊牧一族今日扎寨、幾日後拔營，心沒有個安住之地，我因此對周遭目光是善或惡極為敏感，擔心言行不當惹人反感，我養成了「吞話」的習慣。在班上也相當安靜，座位在邊角，有時坐著坐著便成了一座孤島，因此這件事，也靜伏心底。

不知是否出於我的敏感，自此放學路隊中，本來排在鄰位的學姐走到隊伍末端。

我升上五年級後，學姐畢業了。有段時日我極害怕別人對我投來的熱切目光，彷彿當年學姐望過來的炙熱大眼。

有段長長的時間我停留在十歲，常常夢到我久待那間體育館，籃球羽球不斷擲來，有時夢到自己背上長出龜殼，球體長出老師的手指，在殼外咚咚撞擊，撞得我頭痛欲裂。

三年前母親節前，旅居海外的小學同學讀到我刊在副刊的這篇文章，寫了封訊息，從體內長出殼來抵擋外在嘈雜震耳的聲響，原來她也曾經歷過。

走到了中年，被踩到身體界線的事又歷經幾次，長出殼的我們已有能力發聲，捍衛身體時的爆發力，與事後努力平復心緒所需的柔韌，恰似跳箱的蓄力一躍與輕輕落地，再挺身而立。如今我明白當年的跳箱不是物理高度，而是外界聯手築起的牆，那些在夢裡追打不休的球體，成了我後來破殼而出的助跑動力，抵達關卡的那一瞬間需傾盡全力——

跳！

然後落地。

2

啪嗒啪嗒地行走

穿上人字拖

由於工作必須長時間久站，多條蚯蚓般的青筋爬上了雙腿，濕氣重的腳底在包鞋裏覆下頻出疹子。親戚推薦一款英國品牌 FitFlop 的氣墊厚底夾腳拖，標榜可以減輕膝、踝關節的壓力，捨棄了傳統的藍白拖造型，將細帶改成寬面皮革，上頭或縫流蘇、或鑲鑽珠。家常人字拖翻身成了時尚潮款。

將腳拇趾徐徐伸向鞋頭，足掌下的軟墊呢喃著：我會扶著你。黑色寬面皮帶上鑲嵌碎鑽，使偏黃的腳掌顯得色白，氣墊鞋底讓走路不像是重踩，而是被船隻撐起，輕盈地恍似水上行舟。

雀躍地穿去上班。那時我週末在北市某私立中學兼課，不曉得職場環境容不得拖鞋褻瀆，經同事提醒，趕緊擺放在辦公桌下，趁人不注意時、在座位底偷天換日，只要不起身，誰也不知檯面下的事。掌跟、腳趾掙脫了高跟包鞋的束縛，腳底彷彿竄升一圈圈輕柔的泡泡。

島上的夏天午後時有雷雨，欣喜著終於可以消減一些天地間的火氣。某天午休外出用餐，猝不及防的暴雨是上萬條水鞭子，咻咻地抽打著樹、窗、路上的車與人，我回到辦公室時，長褲成了水柱，不斷朝高跟包鞋洩洪，雙足泡水許久、隱隱傳出發酵的氣味，人字拖只好從檯面下浮出水面。幾分鐘後，周圍小聲討論著校方規定露趾鞋子禁止入校。

我小時在宜蘭三星鄉外婆家長大，家裡的拖鞋是木屐，頗習慣以兩根腳趾夾住一線的鞋款。漸長、搬回羅東鎮上父母家，家鄉十日九風雨，濕毛巾似的天氣讓爸媽認為外出宜穿包鞋，除了免受風吹雨淋，他們骨子裡仍是認為女人宜端莊，腳趾、肩背不可隨意裸露。

幾位同事也渴望鬆綁雙腳，然而為求職場生涯安然順遂，我們只好以「空姐必須足蹬三吋高跟站立整天」來相互安慰。不久後，大家談論荷蘭正式宣布成為世界第一個承認同性婚姻合法的國家，全球風氣日漸多元開放，高雄卻發生某國中兩位老師由於穿短褲涼鞋授課，被校方抨擊如此穿著造成嚴重的「視聽」問題、有辱師道尊嚴。雙方的對立爭執浪濤般衝擊了教育圈。

正式的「正」並非僵固的線。清朝格格須著十公分高、緞面繡線的花盆底鞋，在3C世代、學生已無髮禁的現今，教師穿此鞋授課或許能吸引聽課者，或許被批奇裝異服，理想的教學現場應該是整天久站的老師們腳下舒服穩妥，也為學生思量適合每個人的尺寸。

一位好友任職日商公司，抱怨服儀規定得穿七公分高跟，造成腳趾扭曲變形，但家境不好的她不敢貿然離職。許久後，新聞播報日本女星石川優實建議廢止女性在工作場合須穿高跟的文化，但日本政府並未推動法規改善。當時我恰巧學到日文「鞋子」寫成「くつ」，發音是「kutsu」，而「苦痛」的日文是「くつう」，與前者只有尾字之差，發音也近似：「kutsuu」。

著實佩服灰姑娘能穿著玻璃鞋與王子「跳了一整晚的舞」，包覆雙腳的可是冷硬又易碎的材質啊。然而故事裡的女性為了成為王妃，想方設法扭曲腳形、剁腳趾切腳跟，符合偏小的尺寸。

我兒時常偷穿媽媽的高跟，喜聽她走路時鞋跟和地板的應答，那足下款式在我心底象徵著美麗自信。我初入職場時，雀躍地趿上細跟鞋，鏡前照映的身形幻術般拉長了小腿比例。終於登上了長大的舞台後，個頭約一米五三的我踩出了頗有氣勢的叩響，只是我沒看清自己的「腳色」，幾個月下來，本意是保護雙腳的鞋子卻讓肉足裹上了限制——必須練習腳尖、足跟的落地、如何上下階梯及全身的平衡，導致腳拇趾腫痛、扭成了ㄑ形，渾似另類的纏足。美麗、醜陋與疼痛並存，難怪有人說纏足史是一部疼痛史。

成長至今，時常碰到他人已經定製好的玻璃鞋，我們也許被迫、或者出於己願來削腳彎足，試圖塞入固定好的尺寸規格裡——腳、臉、身材、學歷、工作、行為、想法、愛情、婚姻、生活方式……我們被催眠只要套入某個模組，便能步向幸福。人生在世，著實不易，天災人禍、病痛無常、世間惡意不時襲來，有時親友齟齬令人神傷，或者職場傾軋、匿名的學生家長投訴教人疲於應付。近年島上人均壽命八十，想到還有好長的路仍需顫巍巍地前行，心中是鬥志與倦意交雜。

若有雙舒適的鞋，或許這條路能走得稍顯從容吧。

近年工作環境湧入大批數位Z世代新人，常將「you do you」（做你自己）掛在嘴邊，坦然自在地讓造型時髦的人字拖在辦公場合立足。面對主管的勸誡，Z世代氣定神閒地回答：「要『跟』上流行。」不卑不亢地提出理由：戴的帽子可以是浮誇的寬簷大草帽，或緊如泳帽的保暖登山款式，衣服有貼合身形與寬鬆長版，鞋子當然也可以選擇箍緊雙腳的高跟，或是露出腳趾足跟的拖鞋。

我也許因為腳趾外翻，雙足也跟著悄悄鬆綁，在課最多的那天換上舒適又美觀的厚底人字拖。與人合影時，我的嬌小身形雖然在畫面中凹成窪谷，但在社會打磨多年，也磨出彩度稍微明亮些的自信與氣勢。

只不過我太錯估了自己的腳掌對人字拖的適應度。此鞋的設計很獨特，它款鞋子（拖、涼鞋除外）咬腳的地方也許在趾尖、趾側或者腳跟，然而腳與人字拖磨合的點是在兩根腳趾之間，夾得過緊，指縫間易受傷；夾太鬆，不是鞋子容易鬆脫、便是鞋底啪噠作響擾人清靜。與其說人字拖要撐起我，不如說是我在學習要怎麼與它互動、磨合，找到鬆緊適度的平衡，展現此款鞋子的方便與合理範圍內的自在鬆弛感，而腳又不會受傷。

也許人的成長也是要歷經這樣的過程。

向來人字拖常與邋遢劃上等號，然而現今的夾腳拖造型多元，帶子有時尚皮革款式、鑲鑽的貴婦精品風、或是波西米亞編織材質，搭配長褲套裝，也能走出優雅；況且不同文化，對於夾腳拖看法各異。前年旅遊印度時才明白由於天氣酷熱，當地鍾愛人字拖，不論路上提公事包、著西褲的男士，或是穿紗麗的女性，腳上都自在地趿著相同的風情。印度女人還會在腳趾塗抹豔色蔻丹、腳踝套上金鐲銀鍊。

也曾想過赤足豈不是更隨性自適？但有些人（包括我）還是需要有兩撇帶子輕

輕套著，而裸露腳趾與足背看似自在，也會帶來某些限制——必須注意趾甲長度、甲縫是否藏汙、腳皮有無嚴重龜裂？腳趾長時間夾緊趾縫中的線、肌腱容易勞損，這才體悟到方便穿脫的鞋也沒那麼方便，解放也不是全然地放手不管。我初到外縣市讀大學時掙脫了父母的管教，全然的自由讓我熬夜打電動、白天補眠，拿著爸爸的副卡購買專櫃化妝品、付旅費及健身房會費，拿捏不了自由的尺度與分寸，某天突然被停卡，我在界線上不斷與爸爸碰撞，在有限制的自由下，才慢慢懂得自律。

因此當我用腳趾緊夾著人字帶、五趾外露，足掌貼合鞋底又微微逸出界線時，心下鼓著適度野放的騷動。人字拖撐起了身體與生活的重量，拖起了一個自在的「人」。風徐徐吹，足下啪噠啪噠，每一步都舒爽。

滾輪

臥房橫躺著一只圓胖的墨色硬殼皮箱，刻意設計的水狀紋路在燈光下閃著粼粼波光，它歷經頻繁出差及十多場教師甄試後磨出斑斑刮痕，雙排輪的步履日漸蹣跚。我定期收整箱內物品，為輪子點抹針車油。

那個年代我的家鄉沒有大學，放榜得知錄取校系，爸媽帶我逛市集皮件店。它窩居店內牆角，身上標著醒目的打折紅字。老闆提起拉桿，解釋雙輪設計的載重力強，殼身的水紋設計雖然些微掉漆，但耐撞抗摔，圓墩墩的硬殼被暱稱蝸牛箱。

「不要小看它，裝下一個你都沒問題。」看穿我斜睇眼神裡的懷疑，老闆打量我一米五三左右的身形，語氣相當篤定。

為了在北城有好一點的生活，偶爾來杯咖啡、看場電影或劇場表演，假日我常不得閒。寒暑假打工時數是全天，平時則在月底與人調班、返鄉探視身體病痛漸多的雙親。爸媽家坪數小，我的房間已權充儲藏室，電扇、吸塵器、舊衣、書報、掃具……老家十日九風雨，潮濕，雜物又多，蕁麻疹如固定造訪的老友，經常敲叩我的皮膚、嚙咬睡眠，我待個一、兩天便全身麻癢，只好匆匆北返，於是有些日用品便長年蝸居箱內。也許讓出家裡的空間，對爸媽及就讀中學的弟弟而言是種體貼。

曾想像躺臥箱內，筋骨、箱殼在離家途中必定磕碰磨擦，遠行的忐忑、遷徙的不適、打工賺取生活費，拖行的沉重行李似乎不只是行李；但能出外闖闖，拉桿下的輪子載著夢想，滾著滾著似乎也起了風。如何將這股風繫在腳上？心底時常升起對未來的不安，但也只能自我安慰：也許有天我可以將新的地方住成舊的。

蝸牛有殼，而我離家讀書後則是無殼，宿舍或賃居地每一、兩年便換，練就了半小時打包裝箱的工夫。至於書本、寢具、電扇等家電則以紙箱寄送。在異地求學，因為親子關係不是太緊密，我並未時時記掛著家鄉，反倒思考何處才是安身之地？思考移動的始末、軸線與自己當下的座標。

往返城與鄉對我而言如跨越疆界，由一區到另一區，必須整理行囊和移動時的心情，時常錯覺在打包自己——汰舊換新，把紛亂的收納整齊，再歸類分裝，彷彿裝載一個微型家屋。行李箱是家的變形，將二十八吋容量的箱內隔成幾區：規整物品要攤平摺疊，不能起皺；柔軟棉料捲成筒狀，見縫擠塞；化妝品放入防水牛津布收納袋，沐浴用具以塑膠袋包裹；箱角放置手掌大的插電式泡麵鍋……抵達安身之地，取出各色什物時，彷彿將自己與生活重新組裝。

我將箱內的必備物品列成清單，依天數與天氣詳分六類：洗、衣、伸（身）、手、要（藥）、錢——洗浴用品、衣鞋、身分證件、手機電器（這是3C世代後新增款項）、藥品與錢包。行李箱是本日記，物品、材質、觸感、色澤氣味，詳載生活點滴，隨身包沐浴乳用罄的數量、藥盒空了幾格、發票張數、衣褲更替套數，均是時間的流動。箱內固定放置一雙球鞋與拖鞋，步向記憶裡的過去與未可知的以後。固定的習慣是拖著這只蝸牛箱返回異鄉或家鄉的住處，望著增減的行囊，思索幾日以來吹了多少風、踩過多少石子路，心頭重量是輕了或是更沉？不太明白是因為我時常拉著行李箱，因此帶來了遷徙感，或者是必須時常遷徙，才一直依附著它。

踏入社會前，想著工作後年休日也許只剩零星，於是全家計劃旅宿太平山。入口處須檢查入山證，我急忙掀箱、跪地翻找，引來山友圍觀，如同私宅遭闖，貼身衣物、生活習性、喜好氣味一覽無遺，那份尷尬真不是鑽入地洞便能了事。

弟弟不解我為何時常馱著這只蝸牛箱。家族重男輕女，備受父母呵護的他遠行時只斜掛著側背包，手機、錢包、鑰匙隨手入褲袋，其餘用品到當地再刷卡購買，行李箱對酷愛自由的他而言是束縛、拖累。我及多數好友是在箱裡有序地按行李清單安置化妝包、藥品、衣鞋物件。也許……我拉的是家吧。命名蝸牛箱的人，或許深諳此意。然而我的行為在弟弟的眼中不過是移動一座城堡，城堡裡有些擺設我甚至不太熟悉，才會在入山口當眾翻找。

也許箱內的物件對弟弟而言是生理需求——到了新地點再添購新物件，展開新生活；對我這類人而言是馬斯洛金字塔的安全需求：容量大的行李箱什麼都裝，對一切都放心不下，收整入內的過程要一一核對表單才感安心。箱內的熟悉物件是我探索外在的觸鬚，小心聞嗅著陌生地的氣味，思索接下來的行程。生活中意外事不少，所以我想將意外減到最低，便須仔細審核行李清單，這些物品的存在感比實際用途更令人踏實。

箱內的收整方式顯現姊弟倆個性的迥異：相較我的分類歸檔，弟弟的側背包展現了族群融合，看似不拘小節，實則任誰都不能對他的包裡亂象指手劃腳；弟弟則對我這類人敬而遠之，認為行李收拾整齊者自我標準不低，難保不對他人也有一定的要求。

媽媽對我弟不愛裝箱是莫可奈何，對我將箱子塞到飽嗝更是無奈，她常說，行李箱不是裝想裝的東西，而是裝可以裝、適合裝的東西。我心目中攜帶行李箱的完美旅人典範是電影《型男飛行日誌》裡的喬治・克隆尼，沒有「趕快」、「來不及了」

的慌張，而是闊步瀟灑出入機場，彷彿率性、優雅地走著伸展台。

然而真實情況是出社會後我在家鄉某中學任教，原本住在家裡的我與父母有些觀念上的磨擦，與他們商議後，我離家獨居。恰巧當時我考取了母校研究所，由於經濟緣故半工半讀，我在台北讀書時也需要個安身之地。在家鄉與北城換了幾次住處，當職場或者周遭事物堅硬地找不到罅隙讓人融入時，我便取出箱內泡麵鍋煮食，讓升溫的腹肚抵擋外在的寒冷，在溫差中找尋膚身的適應點。其間歷經最天翻地覆、幾乎耗盡氣力的移動是感情，從此岸到彼岸，途中兩人喜滋滋地採買食具衣物日用品，同色碗盤馬克杯、相框項鍊帽衫，在巷弄斜坡合影，然而不久之後回到我的住處只有孤身一人，箱內有形無形之物超過我內心所能負荷的重量，於是一件件地以手溫習觸感，然後捨棄。

只好將心神投注在工作上。不久，我在家鄉的租屋處嚴重漏水，只好另覓新居；不到兩年不堪租金調漲又匆匆搬家，到了新居掀起箱蓋，擠壓的乳液及沐浴用品全數爆裂，黏液橫流，滲入旁側的薄層收納袋，袋內有帽襪衣物，只好趕忙用海綿刷洗。攤開的皮箱與收納袋是張開的口，刷刷刷地啜泣。

後來我研究所快畢業時想留在台北發展。之前我回鄉任教兩年，磨合二字偏重前者，菜鳥教師與高二生、北上讀書的女兒與較疏離的原生家庭，內外困境迫使我思考去留。媽媽極不贊成，對於勉強可以控管留在家鄉的女兒，她有種莫名的安心，她不知道我回鄉工作是想修補親子間的裂縫，但是歷經烘烤、已然定型的陶器難以改變形狀了。她不斷說服公教薪資固定，在物價高的北城工作、薪水如水東流。我倆各有堅持，她最後心冷地說，大了，留不住了。

台北教師缺額不多，我選擇新竹以北的高中教職。鞋跟愈磨愈平，嗓子刮出嘶啞，六冊備課教材講義教具在行李箱內磨拳擦掌，陪我從這間校門流浪到下間講台，粉筆走過多間學府，衣物在幾個縣市間洗了又乾，每一站的抵達都必須翻越「百裡選一」的險坡。應考者有想從外縣市調入的資深教師、碩博士高材生、剛完成師培訓練者及考了多年尚無定果的流浪教師。有些學校優先錄取校友或校內代課、實習者，我有教學經驗及熱情，但與甄試學校沒有交情。

高中以上教師甄試多半由主辦單位獨招，考程三關，彷彿電玩裡的生存遊戲。第一關筆試過了才有資格試教，最後一關是面試。我大二時，政府將原本由師範體系培育師資的制度改成多元開放，各大學廣設師培中心，一時百花齊放。然而未控管培育人數，加上少子化各校減班，教師缺額更稀，流浪教師日增，筆試題目益發刁鑽。我應考某校，其中一題申論是：請分析高行健榮獲諾貝爾文學獎的小說《靈山》的整體架構與思想。印象中，三十萬字的內容裡作者不停切換視角，我沒有耐著性子看完，只能憑片斷記憶作答，寫下某副刊的書評：「『靈山』是個虛空的存在，象徵一片純淨樂土。」言之無物胡亂填答。《靈山》的思想？我只求靈光乍現。

我在六冊教材、頸間垂掛準考證的多次教甄中，練就無人在場也能自問自答，任一情境都能虛擬出擬真的師生互動。我輾轉了十多處，推開好多扇教室大門，卻仍是站在門外。最後與皮箱來到北城文山區一間完全中學——那是該年僅剩的名額。

筆試後尚有試教與面試，考程從早上八點直到下午兩點多，每位考生的隨身行李箱提供了倚靠打盹的暫居地。出社會的應考不像學生時代有親人陪同，沒有陪考者的考場，任誰都想拍拍與試者給予祝福。那是我第一次領悟：每個人拖著行李的模樣是與日子拚搏。不禁想起媽媽曾說，行李箱要裝適合裝的東西。箱內疊疊厚重的教材、講義、考卷適合我嗎？在推扛行李物件時，時常要學習掂量著箱裡的放入與捨棄，裝載適合自己體能力氣的重物，按捺想跑跳的衝動，一步一步地推著往前行。不好走的路太多了，更要好好地走。

帶著行李移動，我也在掂量著外在與內在的平衡。家鄉的步調不快不慢，但步伐節奏與我總是不同頻。走在台北車站南陽街、捷運地下道，我的步伐彷彿是被擁擠的人潮推著行進，我若停下來，人群大浪隨即將我撲倒，必須時不時掂量物價高低，吃食住宿適應與否，身在異鄉讓我經常湧起遊牧之感，什麼都想拾取打包，收入行李箱中，但似乎箱內的容量總嫌不足。

幾次工作上出差結束，拖著行李行經台北車站新光三越旁，騎樓三角攤的叫賣總是引來人潮簇擁。踮腳探望，原來在兜售皮箱，攤位招牌、小販身形、招呼嗓音及擺出來的皮箱樣式，像極了當年我在家鄉購買蝸牛箱的畫面，恍如穿越了任意門。

在小販叫賣聲中，我背過身，推著蝸牛箱緩緩步向人生一個又一個逗點，彼此都是刮痕斑斑，時常錯覺是它在拉著我，走到了現今。

月亮的孩子

只要經過新店中央新村一帶，我就會想起月亮的孩子。

那是往昔老國代退休居住的巷道，往裡走，大理石牆的豪宅旁緊鄰著一排四層公寓，寓前枝葉繁盛的榕樹讓房子忽隱忽現，院內植栽張狂地伸出柵欄。綠意中，終於找到白底綠字壓克力板上的門號。

一位短髻髮婦女在對開的柵欄前向我招手，小男生躲在母親身後探頭、骨碌碌地瞧。小一生下午不上課，我的工作是課輔家教，一週兩次。

餐桌充當書桌。小男生有些過動，作業寫幾行便起身開冰箱，我經常得想一些新穎有趣的故事訓練他的專注力。

第三堂課他藉故尿急，衝向廁間時，撞到一位戴墨鏡的少女。「姊——」驚呼聲中，我才意識到家中還有另一個孩子。

小男生霎時安靜，做錯事般攪扭雙手。空氣很靜，明亮日光燈下，少女的墨鏡有幾分突兀，頸間垂墜土耳其藍串珠項鍊，米白暗灰大色塊拼接長洋裝，下襬綴有流蘇，肩披棕色棉外套，右持白手杖。不久，母親自房間匆匆走出，說要帶女兒出門。

「姊姊幾年級？不用上學嗎？」中場休息時間我悄聲詢問。小男生點點頭，我不便再細探，只是檢查功課時心思會飄向那個長裙身影。

也許教學成果贏得家長的信賴，之後上課，母親便帶姊姊外出。

「小月，走囉（少女名字有個「月」字，此用化名）。」母親常這麼喚著。我從未聽過少女的聲音，未看過她摘下墨鏡。

一日，我與小月在餐廳通道口僵持，她要去客廳，我擋在走道，我們一起往右、往左。

「老師，我姊看不到。」小男生把我拉向餐桌旁。小月持手杖走到客廳玄關處，步姿穩穩的，甚至是輕盈。

我壓下滿腹疑問——少女眼睛何時受傷？在家自學嗎？

隔週，母親在下課時拜託我當小月的報讀老師（那年代沒有手機），內容包含文史數學自然等科目，並錄音存檔。理應就讀高一的小月罹患先天性青光眼導致高度近視，須用擴視鏡看書；國二時合併視網膜剝離，被迫緊急開刀。手術並沒有為她劃破陰翳帷幕，反而提早讓黑夜籠罩。她轉學到啟明學校，由於不適應，只好休學，開始學習點字、盲用電腦及定向行動，自學國三及高一教材，準備隔年申請啟明學校普通科。

墨鏡遮了大半表情，小月肅靜面容的淡漠比語言表意更深刻，小男生的熱對比姊姊的冷，前者家教時間過得飛快；後者報讀，我擔心有時說話直率會刺傷她的自尊心，是數著分秒度日。

小月白天不出門，除非回診針灸治療，在家也躲在房裡。出於對她名字的想像，月亮多半晚間現身吧？現身時，鼻梁上的墨鏡如臉上烏雲。月亮只能遠觀，近身接觸多少能感受到她的陰與缺。

我委婉地向小月母親提及想辭去報讀，建議帶女兒去我大一擔任志工的「台北市視障者協會」尋求協助。

也許是抗議我的「遺棄」，之後我指導小男生功課時，小月的房間傳來吵雜的廣播節目聲。這是她有陰有缺時的「溝通方式」。

小月隔年的申請考試不能再耽擱，數週後，家長再次拜託我報讀。這次，小月的回應有了「嗯」、「唔」。一秒鐘報讀兩個字是她理解字義的速度。她對我仍是防衛，我們的連繫是以固定語速唸出的教科書文字與數字，一個字一個字，像漂浮的細線，我的聲音一停，線就斷了。

我逐字唸課本，有時她會使用點字機，答答聲響是她想要與外界建立的連結。報讀時，標點符號、空行、換段、換頁，國字「橫一」或數字「直1」、字形有無框線，都要一字不漏地讀出。在她的世界，任何符號或空白都有不可忽略的意義。

由她的障礙，我看見了自己的障礙，每每讀到我不擅長、她聽了也一頭霧水的地理分布、數學三角函數或向量圖，我只能戰兢地照本發音。

「這符號怎麼讀？」頓時覺得自己是白痴。

小月淡淡地回：「你問我？我看不到啊。」

挫敗感讓我萌生辭意，剎時想起自己房租未交。小月母親數週前也語帶歉意，提及女兒在國中時曾帶白手杖出門，身穿啟明學校制服，被三兩個陌生孩子嘲笑：「『青暝』難怪讀『啟明』。」小月只能將委屈、對世界的不滿發洩在周遭人身上。

我內心某塊部分鬆動了些，隔天又繼續讀著艱澀的莫菲定律、化學元素表。硬邦邦的數字與符號，並未因為我努力融入情感而增加一絲柔軟。她母親表示會提供相應的圖形給小月觸摸。我好像重新體悟了「摸索」的含意。

小月總不太給我好臉色，相比之下，小男生常撒嬌地要我抱抱。他似乎看透我與姊姊互動的挫折，安慰地解釋因為我是女的，所以姊姊不喜歡我，姊姊對去年來的大哥哥就很好。我一凜，報讀家教曾是男的？

從小月母親口中，才知道女兒曾暗戀每週來兩次、以聲音交流的男老師。我想像隱在墨鏡後的眼雖然看不到，必曾溫熱地等待闖入闇黑生命的微光，那瑩瑩一點，被母親熄滅了。

現在能當她雙眼的人，除了家人、就是我了。我用口中的字牽起了小月與外在的聯繫。她總是拿著錄音筆靜默呆坐，彷彿打禪。反覆聆聽，是小月表現喜歡或困惑的方式，常藉由按Repeat鍵聽熟悉的聲音，消除對陌生事物的不安。為了讓她用耳朵「看」世界，我謹慎出口的每個字，想讓無味、無觸感的字句變得有畫面有溫度。常擔心唸出的一花一木傳到她的腦海時，已被風吹散形態。

大四下我要準備實習及畢業報告，無暇兼職，向小月母親推薦視障者協會的電子語音書籍。結束家教前一個月，小月想聽舒國治《理想的下午》一書，那時她對我有了較熱絡的回應，月亮從烏雲中浮現身影了。半年來的報讀之路從蹣跚到走得穩了些，我讀著：「關於旅行也關於晃蕩……」書的序言是〈哪裡最喜歡〉，我壓下問她最喜歡哪個地點的衝動，只用聲音試著帶她走過瑞典、台北、紐約、北京……她一慣靜靜地聽、點頭，不發一語。書上有打勾畫線，是誰的記號？家人或者之前報讀的人？

那年冬天走得很晚，二月的下午，天色常倏地轉暗。有天上完小男生的課，我走進二樓昏暗房間，一入眼便是小月慣常綁在後腦的高馬尾，髮色不黑，微鬈髮尾因束起而呈現倒型問號，靜靠淺木色椅背，右手縮進袖口輕敲桌緣，橘色外套右上繡有國中學號。寬鬆紅橘色運動褲下的左腿前後搖晃。「怎麼不……」我把「開燈」二字嚥下。小月不需要燈，每次報讀，才為我打開。

那天我讀到書中「北京矮牆有石榴花果含愁帶笑……」「什麼是石榴花？」她問。我一愣，顫巍巍地查辭典，「很多層紅色花瓣，花蕊是黃色的。」我形容得爛透了，這和別的花有什麼不同？她母親曾提醒女兒失明以前腦中存有顏色概念。有些視障孩子一出生就活在黑暗中，完全不懂什麼是金色陽光、綠色的草。

我改口：「你最想知道什麼？」「現在熱門日劇，《東京愛情故事》。」她的問話與回答伸出了友誼的手，眼睛沒有聚焦在任何地方，我卻能感受到她渴望看劇的熱度。我們走到一樓客廳電視前，放入錄影帶，按下靜音鍵。讀起影片內容，我卻頻頻語塞。

——男主角叫完治，他走下來，又走了出去。

——他從哪裡走下來，想走去哪裡？

——女主角莉香對男主角說：討厭。但這兩個字，其實是對男生示好的意思……因為女生對男生拋媚眼。

——什麼是拋媚眼？這畫面順序我不太懂。

——男主角的表情很無奈。

——無奈是什麼表情？

天很冷，我直冒汗。幸好她沒有要我口述侯孝賢的《悲情城市》，否則東跳西躍或鏡頭持續好幾分鐘的畫面，我只能支吾以對。從小月的頻頻搖頭，我看到了沒看到的細節影像，她的問話揭露了我「清楚」背後的「不清楚」，我說的字和她腦中的影像錯位了，眼見未必為憑，看見，有時只是早已設定好的畫面。那天我非常納悶，明眼人是用什麼邏輯看懂畫面呢？

影劇字幕被我唸得雜亂不順，幸好小月看不見我的沮喪。或許是我慌張不順的字音被她聽懂了，明眼人也有看不懂的時候，我的窘迫讓彼此靠近了些。我問她平時如何知道電視內容，她聳肩，說家人經常口述，但她難以循跡想像，最後只好窩進房間聽廣播。

那天小月還滿健談，提到擔心文字的想像及雙手觸摸後產生的心像，會與現實世界有極大落差，她好想看看學校的建築、搬家後的家，想看長大後的自己變成什麼模樣？她擔心摸象般接觸到實體，虛實、溫度、質地、觸感等等如真似幻，有天復明了，會不會反而找不到回家的路？

被墨鏡遮住半邊的圓潤臉蛋故作淡然，言談間仍抱著復明的渴望，聲音有不易察覺的顫抖：「我仍然沒有把自己當成盲人，我覺得自己像個邊緣人。」

即將的分離讓我們親近了些，她依舊沉靜，偶爾流露出實際年齡的調皮，她會由我啪啦作響的走路聲、測度我的拖鞋材質，從細碎步伐揣想我心情的緩急；一聽報讀，就聞出方才我喝的茶葉或咖啡種類。有天她帶我觸摸書房一台很像筆記型電腦的點字機，黑鍵上顆顆突起的白點像飽滿米粒。我隨意亂點，指腹感到鈍針般的麻，彷彿想在指尖上留下記憶。她說失明後時間流動緩慢，只能藉由髮長計數時日。

最後一天，小月由母親攙扶送我下樓，墨鏡與瘦小身形幾乎融入暗灰天色。走到巷道轉彎處，仍聽到小男生熱情邀我下次再來。我想著之前上課與小月談到的話題——「哪裡最喜歡」，她後來提到六歲時曾和家人搭船到吉貝島，深藍海浪一波波拍打船艙，她卻不斷暈吐。如果回憶有顏色，那一刻她的腦海應是深藍；如果畫面能泛出氣味，我應該能聞到海水滲著胃液的鹹澀酸苦。

板前風景

ㄩ形鐵板煎檯前，身著雙排扣白衣的主廚詢問用餐者的口味，接著將大理石紋肉片平放板上，油珠濺起嗤嗤聲，香氣四溢的肉塊還舞著油花。

我向設計師描繪了少女時代以來的這幅理想廚房，卻因空間有限與油煙面臨現實的考驗。

家裡的晚餐氣氛通常是我們姊弟三人想邊吃邊聊，但上了整天班、疲憊的爸媽只盼安靜吃飯，白天的嘈雜填滿了他們的嘴巴與耳朵。我們手足互望一眼，默默吞下飯菜及滾到嘴邊的話。

「話匣子」、「聊開」等詞將嘴巴形容成閉鎖空間，得打開語言、敞開內心才能順暢開心。電影《愛在黎明破曉時》前往維也納的列車上，互不相識的Celine與Jesse從電影聊到宗教、感情及家庭生活，一路漫談到塞納河畔，彼此身影悄然走入心底。我也想表達對家人的情感，但白天全家各自奔忙，回家後無暇交流，沉默漸成習慣。

表姊夫因工作關係，時常向我爸請教法律問題。有次他招待我家北上，到鐵板燒始祖店「新濱」用餐，席間談及投資獲利。那時我讀國中，島上經濟起飛，股市首破萬點，表姊夫把錢變成喜歡的樣子。

主餐有和牛、龍蝦、紅白酒、甜點，主廚就在眼前烹飪，細問我們對味道、肉質的偏好，原本隱身在幕後的烹飪調味推到了台前，檯面一洗傳統印象的油污，廚師不似媽媽那樣隨意紮髮、獨守爐邊，而是將料理光鮮地搬到檯面上展演，揮鏟、烹煮、調味節奏流暢，煙氣香氣俱現，料理者與嚐味者同在一處互動，四周流瀉音樂、談笑，眼耳鼻口舌全是享受，有形的、無形的皆在鐵板上升溫。我想起老師教過〈庖丁解牛〉，那寫實的刀工上了檯面成了節奏鏗鏘的劇場展演。

那頓餐飲顛覆了全家對廚房及吃飯的想像，在此之前我家飯桌是「無話」「不談」。後來表姊夫深陷股海，夫妻感情生變，漸漸淡出家族聚會。

我家餐桌的氣氛卻微微地不同了，爸媽偶爾會在飯間問問我們姊弟上學的情況，極簡的問答，話太多仍會遭斥：「呷飯是配話哦？」

開放式廚房、炙熱煎檯給了全家美好的期待，爸爸常說等有錢就再去，然而三個孩子的學費、房貸，期待成了遙遠的等待。千禧年我碩班畢業時終於兌現此願，只是地點改在大埔鐵板燒，價格親民，有一肉兩菜的套餐組合。那時股市盛極而衰，爸媽以為投股獲利可以及早還清房貸，卻成了號子裡哀鴻的一員。高檔餐廳人潮也漸稀，平價店成為新寵。

我碩班時學習日文，才知道鐵板料理源自日本。「板前」一詞來自日本，原指廚房放置砧板的調理台，後衍生為砧板前的烹調者。鐵板燒類似中式的板前，將大片牛、雞、魚置於燒燙板、灑醬調味，待其微捲透香時，主廚以鏟為刀，將食材均切成塊。

雖是平價，但主廚手藝毫不馬虎，雞肉煎得皮酥肉嫩，細心詢問口味習慣，往昔表姊夫邀宴的場景不斷閃現腦海。媽媽問還記得新濱的味道嗎？坦白說我記不清，多少有些鈔票的味道吧。店家老闆聽到我們談論老字號店，「農安街那家？九二一震成危樓，搬啦。」

由於味道家常，又與主廚有「新濱」這共通話題，我成了大埔的熟客。姊姊打趣我是在現任中找尋前任的身影。

一位單身多年的好友也常造訪此店，認為這種烹調方式可以聞到奶油剛溫熱時的清香，一般餐廳成品上桌時，奶油與其它食材已經融合成另一種味道了。「社會上打滾久了，想聞聞單純的味道。」她說。單身的她曖昧對象堪比迴轉壽司，這位走了，下一位立刻來到跟前。好友察覺與對方情感轉淡，約會時便選此地，眼前廚師的表演勉強填補了兩人無話可談的縫隙。鐵板熱燒，情感漸涼。

不知是否價廉、服務親民，主廚樂接用餐者的變化球。例如有道荷包蛋，主廚能客製三五六七八分熟，恍如料理牛排。原本這種料理就是庖丁與食客在同一空間交流，對方能夠完全顧及你的需求，你會發現累了一天的身心被輕輕接住了。到底是有多寂寞，連吃飯時也渴望交流？也許有時僅需一個眼神，安慰著自己並非孤身一人。

那時我還沒成家，偶爾下了班拖著沉重的身軀來此用餐，店裡早已坐了幾位面熟但從未交談過的獨食客。不必共食的用餐方式自由又自主。

不知主廚是否察覺檯前獨坐的心情，有時會展現炫目廚藝，讓人有吃飯看秀的錯覺。例如一招花式敲蛋：雙蛋相擊，敲鈸似地哐一聲，蛋清蛋黃滑向鐵板滋滋如譜，主廚的眼是計時器，呈到眼前時，蛋清成了晶瑩白湖，中心泊著一輪膏狀金月。那時沒料到尋常的蛋在二十年後由於新冠與禽流感，一蛋難求，餐廳只得刪去相關料理，徒留蛋蛋的哀傷。

有天全家再訪此店，我家坐在ㄩ形餐檯正西，媽媽在我耳邊低語，我示意她把話和飯菜默默吞下。正對面一對熟齡男女比肩而坐，男人右手拿匙餵食，擱置桌上的左無名指閃著銀圈。媽媽憑五十年的婚姻資歷露出神祕微笑。我想反駁，她堅稱結婚多年的夫妻當眾餵食只在偶像劇裡。

我瞄了瞄主廚，他的眼裡似乎僅容納食材。

這種指揮官似地淡定，讓我對這份職業有種憧憬。婚後先生原計劃出國，憂中文系的我到國外恐成無業遊民，因此我報考了中餐證照。傳統廚房，廚師必須長時間待在狹小空間的熱爐邊，開放式料理檯則空間敞亮。我興起報名永平工商餐飲科進修部的想法，它開設了一般餐飲科少見的鐵板燒課程。媽媽認為這行適合男性，除了工時長，鐵板高溫兩百度，皮膚常被蒸氣及油珠燙傷，收工還要費力洗刷黑污的煎檯。

有次全家到某連鎖鐵板燒店用餐，逾三分之一的廚師是未滿三十的未婚女性，笑容甜美親切，姿態優雅。談及檯面下的努力，打消了我報考的念頭：檯面上快速地料理，前製作業是耗時而費工，菜洗後切段、肉要拍打醃漬、魚要去骨分切、然後分類放好，熟記調味瓶罐位置，收到菜單時才能秒速抓料。聽說有些店家的主廚還要會表演耍刀，將蛋當成球在鏟子上滾動，員工要會熱舞。一刀多用、一人多能，都是為了抓住食客的胃。

更深入瞭解鐵板燒主廚的工作內容後，自問，會選擇這場域嗎？久立食客前共享同體氛圍，掌握火焰、刀工與烹調的專業又兼具娛樂性，時時注意客人對味道的需求，而且當眾料理是無法試味，不能拿探針測肉類熟度，要會看食物臉色，偌大鐵板由中心兩百多度到外圍一百度，一切只能看與感受，而在客人面前只能完美演出，落幕後，回家尚須面對選店指標的Google評論。

理想中的廚房最終住在理想裡。這些主廚每天在現實中登台，五感細膩地只專注眼前食材，人事成了布景，也許知曉客人的祕密，或者網路負評還縈繞心頭，或擔心風雨時招牌不穩，然而油煙嗤響，布景便隨煙消散了

門閂外

爸爸喜歡看地基開挖，常在工地休息空檔詢問工人地形、土質、建築結構、開挖深寬等問題。怪手挖鑿的噪音、震動、揚起的塵土與伴隨而來的燻燒味……他都恍若未覺，專注凝視機器鑽鑿。我頻頻提醒回家時間，問他不嫌吵嗎？

「吵或安靜，是一種心境。」爸爸的回答極具禪味。

九二一地震後，爸爸家族在鄉下共住的老屋出現了裂痕，伯叔們建議拆屋重建或地基補強。我以為對地基結構有深入了解的爸爸必有一番見解，他卻沉默不語。

爸爸家族的老屋是三合院，位於三星鄉，從日治時期至今超過百年，十幾個伯叔姑姑同住，每次隨父回去，便覺得屋內有著時間既停滯又一代傳一代的延續感。

討論屋子重建的那年春節，家族先祭祖。儀式在三合院正廳舉行。正廳屋頂架有十字梁，屋內四角立著方柱，門是兩片古舊棕木，門內側左右裝有凹槽木擋。當天大家在辰時之前抵達，合力移動長條木栓插銷，推開大門迎接天光。長輩備辦牲品時，我摸摸那木栓，它如門神般宣告自己比金屬鎖匙更牢固。

長輩虔敬擺置牲醴，左雞右魚一片富饒，嫋嫋上升的煙被屋頂低矮梁柱截斷，近五十位親戚鬧哄哄擠滿大廳。親戚間喜歡炫富炫小孩，不喜歡人多嘴雜的媽媽常靜立一旁。

祭拜完，聽長輩討論：「政府講古厝附近个路欲土地重劃」、「聽講也使予本來畸零个地變方整」、「按捏咱个地、兄弟姊妹是欲按怎分？」最後一句讓空氣驟靜，我大氣不敢喘，只覺得牲醴味及炷香煙燻忽然濃烈了起來。爸爸以眼神示意我和姊姊去正廳外的稻埕走走。正要出門，見攀繞門外的藤竟悄悄地爬進門檻下方，壁虎停在天花板一角，彷彿它們也是家族成員，而今年家族的團聚是隱藏著暗流，往昔禍福與共，對照屋內討論土地權狀，我躡手躡腳隨姊姊走到埕上。

「要不要在窗外偷聽？」姊姊否決了。老屋每個房間都有一扇木窗面對稻埕，青色窗框嵌著舊式十字花霧面玻璃。我喜歡趴在窗邊，稻埕上的活動、交談及曬米、醃漬料理等氣味都會飄入，滿是生活氣，連屋子建材都是取自生活。爸爸常提日治時期一大家子住在單落三合院，買不起富有人家才能使用的磚瓦，伯叔公們在屋子下方用泥漿糊好堆疊的石頭，屋牆則用隨手可得的泥土、稻草及紅糖拌勻、倒入方模，讓牛踩踏泥板使之平整，成為土埆，接著經歷多日的曝曬、乾燥後，可用來建牆；屋頂則覆蓋高溫燒製的泥塊，外層再鋪稻稈和茅草。土埆厝怕潮，老家多雨，一旦天空滂沱而下時，土埆縫隙進風漏水，屋頂容易龜裂，颱風一來，屋內人必須頂著臉盆充當雨傘。

這時我便羨慕起壁虎和藤蔓，可以正大光明地在屋內當聽眾。和姊姊走到埕外翠竹叢時，忽聽爸爸叫喊，他走到我們這區，說來透透氣。我想問屋內情形，爸爸則指著竹子解釋以前全家農閒時會劈竹枝，編成畚箕或籠子。爸爸對沒有方向感的我說要好好認識這片竹林，認得護屋植物，就認得回家的路，接著談起老家這區雨多風大，村子圍以竹林加強防風。叢生的瘦竹叫桶仔竹，又名長枝竹，竹徑三寸，節間約手肘長，嫩竹青綠，成竹轉為棕綠。

我還默記著，爸爸隨手倒了一把花生給我們。風徐徐吹，竹枝微彎抖動，葉沙沙作響，爸爸剝花生殼，姊妹倆負責吃，腦中響起了學校教的歌：「一彎流水，幾枝野花，圍著竹籬笆。」

隔年春節再回，桶仔竹彷彿不老，高度顏色依舊，長輩們則髮白身駝。小時年節拜拜，一家子五、六十人聚首，用餐時間埕上放大圓桌如喜慶辦桌，夾菜無人謙讓；這次回去祭祖的人少了，年輕一代多往都會工作，吃飯的人兩張圓桌還坐不滿，飯後每家須帶回牲醴和剩菜，否則囤積的飯菜便長駐冰箱直到酸敗。不知老屋靜看族人的聚散是什麼心情？

又隔一年，長輩重提分家改建，爸爸仍然沉默。他排行七，有九兄弟、六姊妹，為了逃避種田選擇讀書，對於老屋重劃即使有意見，似乎也沒有立場說服手足。我曾問他研究多年的地基，怎麼不提一些想法？爸爸搖頭說：「你囝仔人猶未大漢，這佮挖塗（挖地）無共款啦，有个代誌袂使挖啦。」

這次討論分家，大家爭搶屋內值錢檜木建材的那一區。爸爸曾提偷藏檜木的往事，民國三十幾年老家附近發生紅柴林水災，十歲的他不知道學校因水災停課，和六哥沿著未退的濁水走路上學，隨手撈起從太平山沖下的漂流木，愈走愈慌，見許多漂浮的鍋盆及溺斃的雞鴨。水患沖走全村性命，沖走爸爸的天真。撿回的零碎木頭，爺爺請木材商整併時才知是檜木，成了裝潢建材。

水災後某晚，幾個日本員警前來敲門。當時太平山木頭珍貴，撿到漂流木沒有交給日警，會被法辦。爸爸和六哥趕緊從家裡後門溜到竹叢中埋好撿來的木頭。窮苦年代，家裡大灶要買柴升火，漏水老屋也要修補，一邊是生計，一邊是踩到法律紅線恐有性命之憂。我原以為鄉下生活單純，背後竟如此曲折。

一季後，隨父回老家清明祭拜，正廳上坐了一位銀髮梳得伏貼的伯伯，身著前有盤扣的及膝長衫、黑褲，趿黑色功夫鞋。爸爸喊了聲「村長」，對方將鼻梁上的老花眼鏡向下壓，眼睛往眉心一蹙：「第七个來啊。」親戚請了村長當見證，結論是伯叔姑們聽從掌管農地的二伯、三伯安排（他倆輩分最高），依付出勞力多寡，分得正身與護龍房間，爸爸分到正廳側邊房，姑姑們完全沒有繼承權。協調完畢，各自在文件上蓋手印。我在正廳門板旁同門閂靜看這一幕。當時大雨，正廳凹凸水泥地上有幾處水窪，牆壁因長年下雨滋生壁癌，散發霉味。聽完分家決定，我跨越一道道門檻，走到正身與左護龍交會的灶房，掀開竹竿上垂掛晾曬的鹹菜乾，埋首揉粿的六伯母及嬸嬸們抬頭喊：「第七个查某囡仔。」給我一塊剛蒸好的草仔粿。屋後屋前，彷彿不同世界。

六伯母一家常來我家走動，因為我爸和他六哥最要好。他們兄弟倆在分家會議後往竹林走，我拿粿尾隨，聽六伯說：「咱攏老啊，厝起佮新新是袂創啥？囡仔人攏無想欲轉來。」爸爸想起什麼似地指著左護龍後方一個略高於地面、水泥封砌如小土堆的洞口，說他六哥小時命大，否則早被炸死了。當時日本政府規定每戶要挖防空洞，二戰時美軍轟炸台灣，有次大家急躲防空洞裡，只有他六哥對飛機揮手大叫，「飛行機、悉我走。」爸爸急忙拽他回洞。六伯窘得拍拍爸爸肩膀，示意有後輩在，留點面子。

之後，土地重劃因居民抗議不了了之，但家族仍常討論屋子改建。

這些年兒孫外移更多，陪父回去總覺得屋子空曠，三合院歷經風災水患，人瑞之齡的老屋漏水加劇，泥塊多處碎裂，青苔滿牆，泥坑處處，供桌不時搖晃，伯叔們請人修補，以磚取代土墢，保留原先砌在地上的大石塊，正身後方加以擴建，讓分到正身兩側的伯叔兒孫回來時有處安歇。擴建時，正身的紅瓦、紅磚保留，老舊大門木門猶存，其他木門改成鋁製，屋窗格局未變，仍可遠望前方綠竹。

爸爸說竹子都是叢生的，桶仔竹的特色是新嫩的竹芽會從老竹的稈莖側長出，最後老竹新竹會聚在一起。「會聚在一起啊。」我望著竹林思索。

今年春節載爸爸回老家祭祖，附近許多路標和地名已改，鄰居住家原本也是圍著竹叢，十有六、七已被砍了，空地改建透天厝，老家那片長青的桶仔竹圍著紅磚房。我將車轉入細密竹叢，看到熟悉的斜背紅瓦矮屋，爸爸臉上的線條變得柔和，我明白他的心種在這裡。

風吹來，竹叢窸窣作響，我熟悉這聲音，當鏽蝕門閂開啟或關上，也吱呀呀地說著，有人來了。

肩上的擔子

碩一時某個秋日週二，中午下課，我搭區間車返鄉，途經松山車站正想睡覺，身旁傳來「歹勢」、「歹勢」的粗啞聲，一位老婦拖著已有年歲的斑駁板車，車上疊放兩三只豬肝色塑膠籃，裡頭裝了幾把葉緣萎縮的青菜。我的座位緊鄰車廂出入口，那裡通常是無座者的座位。老婦的板車幾乎是個隔板，將我和其它乘客分成裡與外。

約莫是我笑著說沒關係，老婦將籃裡僅剩的幾把菜葉遞到我眼前：「小姐有煮呷無？我欲底頭城落車，蕃薯葉啊算你兩把二十塊。」我笑笑搖頭。「我个青菜攏無濺（tsuā）藥啊哦。」以前只是旁觀扁擔族，不料那天我從路人甲被拉入現場、演了個小角色。前座有位中年婦人轉頭，買下籃內的剩餘之物，沒空上市場的她與老婦將車廂幻化成微型市集。一把不到二十元的菜利潤微薄，卻是扃擔族經濟來源。後來才知他們在物價較低的家鄉賺不了太多錢，同樣的菜在台北定價可以提高。然而我納悶的是：通車費不也是一筆開銷？

我的家鄉沒有大學，姊弟三人都成了異鄉學子。北上讀書令我興奮，每週閒晃地下書店、畫展、影展、民歌餐廳、舞廳、百貨公司……常懷疑自己是到台北讀書或是去繁華之都歷經物慾的試煉？在異鄉四年嚐到失戀、超時工讀、人生下個方向不明的滋味，跌倒了，只能將時間當成止痛劑，幾番掙扎著工作地要在異鄉或是家鄉？在熟悉的母鄉受了傷，是否比較容易痊癒？

返鄉任職後，我幸運地考取研究所，想兼顧工作與學業，就此展開了三年半工半讀的生涯——每週一清晨北上，週二返鄉工作。火車有時化身為另一個讀書空間，有時成了眠夢的床。

那時研究所有門週一早上八點的專題課，我必須搭清晨五點零四分從羅東出發的區間車（當時雪隧未通），才發現清晨的通勤族不少：拿公事包的上班族、書包側掛的學生，拖著大行李、要到基隆或台北市集兜售貨物的小販。有時買不到座票，兩小時的車程裡我站成了一只人型立牌。當時沒有智慧型手機消磨時間，站著看書也不太方便，約莫從那時起我便隨時帶本冊子，讓眼耳及心牽著我去到某個故事角落。

週一清晨天濛濛亮，以為人們都還在夢鄉，火車行經頭城站時車廂卻反常地喧囂，車窗外可見攤販推著熱騰騰的餐車等候趕車的人，幾個挑扁擔者每天搭乘藍皮區間車到基隆或雙北市集擺攤營生，男女三三兩兩總數七、八人，年約花甲，裝扮相似——背微駝，一襲寬大的花紋或格子布衫、鬆垮七分褲，黑色功夫鞋（陰雨時則是及膝黃雨鞋），雙肩擔著塑膠籃，裡頭裝滿蔬菜魚貨。

「賣菜哦，有三星蔥啊佮蒜啊，家己種个蕹菜（即空心菜），蕃薯葉啊，嘛有土豆、芭樂、三星種个梨啊。」有人則挑著一簍簍的魚——頭城北邊有石城、大溪、外澳等沿海聚落，當地居民挑選漁獲北上販賣。與市場不同的是他們賣的是煮熟或曬乾的小卷或丁香魚，生鮮在通勤途中容易腐壞。

我在火車上經常看到滿是皺紋的他們指指菜籃，如兒時的我炫耀地打開書包、展示珍貴玩具。他們雙膝微蹲，將扁擔重壓肩上，顫巍巍地朝月台緩步。我常納悶那些老人薄薄的肩頭如何扛起數十斤重擔？有人扛不動重物便改用板車，推著貨品搭車北上討生活。他們會戲稱某人的板車是賓士、某人是ＢＭＷ，車站成了「名車展示會」。常聽他們談起挑擔生活的大小事，聊著聊著便到了目的地。也曾幾次看到警察前來取締，理由是菜籃、板車占用車站公共空間。

幾次聽小販們談起通勤擺攤可省去中盤商的剝削、與食物運送多天可能產生的耗損。這些內容又勾起了我長期以來的納悶：遠赴北、基販售、加上通勤開銷，划算嗎？幸運的是扁擔族經常在車上圍坐聊天，我不必問，他們便熱忱地將心肺都掏了出來。他們秉持著不求多賺，只求溫飽的信念，扣除交通費，一天能賺到一千元就很好過日子了。望著肩上的老舊擔子，那些越來越駝的身影、扁薄的肩頭是扛了多少重量？當時我正為論文主題未定而苦惱，因半工半讀時常無法如期完成工作及學業進度，壓力大到自律神經失調、失眠，額頭遍生痘子，相較於那群老人認分地討生活，我有什麼好抱怨呢？

千禧年我研究所畢業，離家北上工作，每個月仍定時搭車返鄉探親。日本三一一地震前一天爸爸胃潰瘍，我探完病，搭清晨四點多的火車回台北，要回學校教早八的課。途經頭城車站時鬧哄一片，列車長廣播火車誤點，當天清晨頭城龜山站有位即將到北市賣菜的瘖啞婦女跨越鐵軌、想到第二月台候車，未注意疾駛而來的貨物列車，當場被輾斃。我與全車乘客驚嚇失語，一路恍神抵達北城。當晚到家後強自鎮定，向先生小孩說明我爸的病情後，便趕忙批改隔天週五要發還給學生的作文。

隔天，迎來殘酷、不忍聽聞的日本三一一災情，新聞一則一則讓人心裡好沉。不知播了多久，插播頭城站車禍的新聞，畫面中事故現場散落一地的地瓜葉、蒜、白蘿蔔——那本是婦人的生計來源。她捨棄天橋，直走僅限鐵路人員通行、橫跨鐵軌十多公尺水泥便道，當時大雨如瀑，天色昏暗。我緊攥著遙控器，聽主播提到婦人育有六子，為了撐起家計，在住處後方闢建三處菜園，因宜蘭菜價不高，只好挑起扁擔到台北販賣。婦人患有瘖啞疾病，會先在紙板上寫好每種菜的價錢，數十斤菜葉幾個小時便能完售，日賺一、兩千。

頭城人禍、日本天災讓我內心空了好幾天。有句話很俗、卻極有道理：家是甜蜜的負荷。爸媽說我已成家，不必負擔兩老的開支，我每個月返鄉探親幾次，扁擔族是每日頂著星月採摘鮮蔬，在北、宜兩地奔波，兩肩挑的擔子上頭寫個大大的字：家。

近十年來我搭火車，很少看到挑擔的人了，原來雪山隧道通車、縮短了北宜車程，許多扁擔族改搭客運，節省時間及交通費。

想起讀研究所時、火車上要賣菜給我的那位老婦，後來某天在返家列車上巧遇，收工的她沉沉地打鼾，火車鑽過福隆隧道後，大片藍海及龜山島躍現眼前，老婦竟自動轉醒，起身拉著板車與大家道別。

那龜形島嶼是蘭陽人心中「家」的地標，北上時，列車裡是先看到大海，海彼端那座孤伶小島似乎伸出無形藤蔓、勾纏乘客目光，看得興味正濃時，列車便鑽入了長長的隧道，彷彿胎兒通過產道，晃蕩、漆黑、幾乎與外隔絕般聽不見周遭聲響；而回程時，則先通過福隆長隧道，當黑暗洞穴盡頭乍現亮光，映入眼簾的便是蹲坐海中的龜島。

在台北、蘭陽兩地頻繁來去的人們如同那隻龜，肩駝重殼靜靜地背著，殼上寫著家，或者，遠方。

遠距種樹

春天到了，家裡陽台的白水木在豔陽下閃著流金色澤，想拍照留念時，發現幾片葉緣泛黃、長出點狀煙燻，如過度曝曬的臉頰冒出黑斑，趕緊傳訊問讀「農業企業學系」的女兒，原來白水木相當吃水，曝曬下若保濕不足，便有點兒老病之態。

四年前女兒初到中部讀大學，為了「植物育種學」作業，我們開車往台76線、到田尾公路花園的草卉批發店選購植栽。眼前的綠意流轉著四季，母女倆決定在北、中兩地種植相同盆栽。忙碌生活裡身邊即將多個新成員，我們興奮又忐忑。

挑選植株如擇偶，要大器、顏值高，省錢、不能有嬌貴的王子公主病。女兒中意白水木，灰褐枝條、匙形葉片上披覆著銀光絨毛，嬌小的白色花冠叢叢聚生，類似奈米版的新娘繡球。兩盆植栽分別養在台北自家大廈和女兒的系館園藝區，前者窄仄多雨，後者乾燥空曠，對照組與實驗組，相同點是母女倆都是植物新手。較緊張的是園藝老闆，店裡每盆植物都是他精心呵護的兒女，忐忑地看著我們對白水木的習性脾氣一無所知，大概害怕日後接到植物的病危通知。

我返回台北後，和女兒頻繁通訊，試圖拼湊記憶，還原園藝老闆的育養動作：先在盆裡倒進赤玉土，剪開店家包覆植株根部的布條封膜，再將植物入盆，覆蓋鮮土；過程，根部要擠進八角狀的新盆，得小心調整根緣稜角。母女倆都不慎折損盆底根鬚、壓斷枝莖，真可謂豬隊友。我祈禱植物不會在遷居首日便領到重度傷病手冊。

女兒到中部讀書後，不大的台北自家空曠了起來，我有些空巢心情，因此白水木來家裡紮根，似乎讓我踏實了些，植物成了母女倆的每日問候語：「養得如何？」「大了點嗎？」「多曬曬太陽，有沒有餵它喝水？」似乎母女倆都養了一個娃兒。

女兒的白水木養了數月，其中一枝細枒上的葉背出現點點紅星，詢問系上教授，才知道被紅蜘蛛寄生。此病不易根治，要立刻摘除紅星葉片，隔離病蟲肆虐的那一區砂土，待消毒乾淨，再將土倒回原盆。育種如育兒，會歷經許多病痛，慌張、治療、焦慮、等待、復原，養者與被養者在煎熬中相伴。

女兒開始抱怨養植物真麻煩。到底年紀還小，沒歷經什麼苦，這和真正養娃相比，小菜一碟。女兒不足月便落地，呼吸窘迫、黃疸，趕緊移居保溫箱觀察，成長過程，氣喘的她一病便高燒痙攣、併發支氣管炎。十多次，我在急診室、加護病房、手術房外揪心等待治療結果，每個病房等同放大版的保溫箱，諾羅、腸病毒、腺病毒、肺炎、脊椎五十度側彎等環島般走訪女兒全身。我對於疾病的常識，在育兒後急速累積。

照顧身體的病痛尚有醫囑可循，面對小孩的情緒毛邊而不起波瀾，那才是真正的修行。不太理解為何電視上的親子專家都是佛系父母，不必吼罵，娃兒哭鬧、破壞家具、只顧著玩不吃東西，仍可以淡定自在隨喜圓滿。我則不知不覺成了馴獸師，時時應付牛奶打翻、撕毀壁紙、非理性哭鬧、拒食、抗拒打針吃藥……孩子身上總有層出不窮的蠻性。每當我和女兒提起這些往事，視訊裡的表情是吐舌、嘿嘿幾聲，說，還是養植物好了。

某天女兒轉寄系上的作物學知識，原來溫和不語的植物也有野的一面：銀膠菊會侵占他種植物領地，是除草劑都除不掉的怪物；凌霄花的根會擴張領土，極具侵略性；白水木如果顧得好，會長出許多歧出小芽，枝頭熱鬧非常。會不會狂放也是生命的本質之一呢？女兒轉寄的照片裡，幾株白水木的枝幹被塑形，飼養者為了造景，不讓植物太張狂地生長，會在植株年幼時用鋁線纏繞枝莖，巧勁彎成傾斜姿態，一段時間後再修枝剪葉。其中一張照片，白水木枝幹塑型成一百三十五度斜角，如女人醉酒慵懶靠牆，匙形葉片似女子嬌柔的指尖，說不出的柔美。我立刻網購造景所需的線繩、鉗子，當鋁線捲上枝幹、接著要施力彎折時，驚覺手下觸摸的是扎扎實實的皮肉啊。愣了許久，我鬆開了線繩。

每個生命都有它本來的形狀，我也曾憂慮女兒的不受拘束：不甩校規、穿便服到校，中學時穿耳洞，時時標榜做自己。許是她天性野，卻有副多病的肉體，因此個性矛盾、多重——主動約我逛街，出門前卻意興闌珊，決定宅在家中；幾分鐘前與家人開心分享生活大小事，下一秒鎖眉關在房間……

體弱的她被迫當個嚐百草的神農，在西醫藥粉、中醫藥膳、補品維他命中漸長，終能離家自立。就讀的系有實驗、農場實習、土壤學等繁重課程，無法如以前那般向我討拍，合宿生活須適應室友作息，外出找尋公車站牌及摸索學校周圍環境也花了許多功夫。到外地唸書前，她自信地拍拍胸脯，「我農業企業系吔，種菜的人看天地吃飯。」她自小在台北住了十多年，身體的根會黏了些母土，不是那麼容易就能移植他地，初到中部讀書，秋冬季節交替便連番感冒、嚴重過敏，課業忙起來三餐不定引發胃炎，冰冷飲不忌，導致生理期時下腹悶痛，幾至暈厥，騎機車不慎斷腿……

我想起自己從宜蘭鄉下北遷定居的過程，與外在人事慢慢磨合時修掉許多歧出枝枒及邊角，才較能適應別種瓶身，即使裝進他種盆罐，也會依照原來的定性、向上或橫向生長。我北上讀了七年書，至今採買文具用品、剪髮，仍習慣返鄉，吃食依舊偏愛家鄉味。

不知道自己養的白水木盆栽，個性上是否會肖似主人？時常納悶園藝老闆說很好養的白水木，為什麼入住我家不過數週、葉片時而健康時而萎垂，我不斷詢問老闆，他說三天澆一次水，勤照光，過些日子也許會改善。

過些日子會好。我時常如此安慰自己。

聽取女兒、教授、園藝老闆、同事等各家之言後，台北的白水木萎垂依舊，正當覺得愧對它時，得知好友在團購花盆，想為植株換土，才知道靜待原地的盆栽、身子與根柢每天都會悄悄變化，走著自己的轉骨期，比起童稚時需要更多的空間來生根展枝。專門拍植物生長的攝影師Boxlap用縮時攝影，記錄了一顆種子慢慢長大至開花結果的全部過程，影片上顯示出時間流逝下的生命成長，植物表面的靜是蘊含著不為人知、張力十足的動態。

不久，網購的新盆送達，看著直徑更大的陶盆，那是時間的輪廓啊。換盆當日，女兒在線上遠端觀看，如視訊看診，見我澆水時、土壤吃水極慢，判斷土質的排水力不佳，建議翻盆時順道換土，因為土壤的養分會隨著時間而流失，也許因為如此，葉片才會無精打采。我趕緊買了據說富含大量有機質的泥炭土。

真慶幸自己只需照顧一株盆栽。

同出田尾的兩盆白水木遷居半年後，台北的那一株花開得極少，女兒養的那盆在初夏時花瓣繁星點點。我倆談起盆栽，女兒也說起住校生活及課業漸漸上了軌道，我欣喜又有些複雜情緒，小時她嘴刁，吃不慣幼稚園餐點，最喜歡的料理是媽媽味；她很少外出旅行，因為認床；十多年來，我的日子就是繞著她轉，雖然時常抱怨養娃讓我工作進度落後，身材如土石流沖刷，和單身閨蜜的話題不在同一軌道，單身時夜幕愈低垂，思緒愈活躍、人我互動愈燦亮；孩子出生後，夜幕垂下，眼神及精神也垂靡。我常說被孩子綁住，卻不知何時竟是安於被束縛。女兒中學畢業旅行數天，我借了六季《絕命毒師》美劇，同時發願天天到瑜伽教室健身，追劇過程及瑜伽大休息時，卻不時分神看手機有無孩子來訊。女兒離巢後，我逛市集仍習慣買她愛的食蔬水果；看到影集有趣片段便大叫「寶貝，來看」，回頭才發覺屋裡的回音。習慣某人的陪伴是一種癮。

近年來，有些感染新冠肺炎的親友併發許多後遺症，想到女兒體虛，若在外地染疫，誰來照顧？女兒說不必擔心，感冒藥、清冠一號及快篩劑全部備齊，接著傳來她為白水木翻盆換土的影片，似乎照顧得宜，植株的指狀葉面綠彩柔和，如跳舞時揚起的條狀短裙。我抬頭看看台北自家愈長愈好的白水木，今年春的泛黃與黑斑依女兒傳授的照顧方法已大有改善，指狀綠葉似乎揮著手說：哈囉。

（本文入選一一三年九歌年度散文選）

漁火

那天我和爸爸從陸地走向海上，天幕像深黑絨布，布上別著一、兩點星光，水也是幽幽暗暗。眼睛無法看得明晰時，其它感官便異常敏銳，四周充斥著浪聲、交談、鹹腥黏膩的氣味，我們坐在篤篤前行的漁船上，引擎噠噠作響，迫使父女倆以吼音說話：「魚仔佇叨位？」「要擱等偌久？」人聲彷彿被推進器用力推入耳內。船長催動馬達，駛向更遠的海。

那年年初，爸爸喜歡的歌手李泰祥（名作〈橄欖樹〉）、高凌風相繼病逝，前者古稀，後僅花甲。爸爸難過之餘，覺得要趁著身體康健時多出去走走，因此報名了七月的「金山蹦火仔季」旅遊，同行者有我、爸爸、在南方澳從事遠洋漁業的父執輩好友阿祥叔。阿祥叔想見識古老捕魚技法，邀喜歡吃青鱗仔的爸爸同遊，我是

「三人同行，一人半價」的沾光者。出發前，爸爸盤算著青鱗仔的購買數量，他喜歡裹鹽油炸後外脆內香的口感。

有別於陸地的舒適，忘記吃暈船藥的我腹內酸水翻攪，浪陣陣拍打，船身顛簸，我的手沾到甲板腥物，浪花濺到臉上，天氣悶熱黏膩，我忍著隱隱的尿意，心中湧現的是後悔。爸爸要我忍耐，這是在與海拚搏、看天吃飯的船上我學到的「初階功課」。

我們坐的是觀賞船，蹦火船在我們右前方，蹦火船裡有位老伯伯手持竹製長火槍，我們稱他「火長」。眾人的喧鬧在他吹響第一聲哨子時安靜了下來。他將塗抹碳酸鈣的槍頭加水，「蹦」的點燃一道火，伴隨強光，空氣傳來化學氣味，他正在觀察魚群流向，尋找青鱗仔最密集處——這就是「蹦火仔」名稱的由來。火長身旁有四、五位漁夫持三叉網，自稱「水腳仔」。他們屏息，等待第三聲火光出現的瞬間，撈捕受到驚嚇、躍出水面的魚群。

我提出外行疑問，「點火捕魚，對海水有什麼影響？」

「這方法算環保啦，猶毋過火長出海是無底想環保，撈魚仔卡要緊。」參觀船船長老實承認，漁民們最關心的是養家。

阿祥叔認為我是久居台北的都市人，以尊對卑的眼光審視海上工作者。漁民本來關心的就是漁獲量，為了增加利潤及見光率，讓此法廣為人知，「蹦火仔」才在正職之外添增表演工作。這種古法用爆聲、火光捕魚，低耗能，污染少，只是耗時費力，連年虧損，如今全世界僅存台灣的四艘蹦火仔船。

小時看的航海書盡是尋寶、探險，此刻我乘坐的船竟然就是個「寶」。只是這艘寶藏，世人似乎不太珍惜。

「小姐，禮拜歇睏，來迌迌？」觀賞船船長親切搭話。這句話再家常不過了，我卻不知要如何回答。我平時習慣看日曆，計數還要上幾天班便可週休，海上漁民是看農民曆觀察潮汐及陰晴風雨，沒有週間、週末之分，漁汛期一過是長達八個月的休漁期，得求助就業輔導、申請津貼。

幸好遊客們追問蹦火技巧，化解我沒回答問題的尷尬。

「這種魚仔會『呷』火哦。」船長神祕地笑笑。有人立刻會意，而我真以為魚會吞火。

船長轉述一位水腳仔的話，「金光閃閃个魚仔飛起來个時陣，我看到个是金金个銀角仔（銅板之意）。」迸射光源引來的魚群是漁夫糊口的光。聽說多數人不愛吃這種魚，利潤不多，年輕一輩只好放棄討海，離鄉入城謀生。

有人好奇火長如何走入這一行，觀賞船船長說火長本來逃避家傳漁業，到外地工作，因謀生不易，荒廢的漁船又賣不掉，見鄰居從事蹦火捕魚，便邁向了這條討海路。

黑幕裡，爸爸和阿祥叔凝視火長的方向，然後對我說，「這種工課（khang-khuè）真艱苦，咱要共伊支持。」爸爸頗有深意地看著平時嬌生慣養的我。

「這呢艱苦，無著收起來莫做？」遊客們心疼船員收入不穩。

阿祥叔也好奇蹦火仔維生如此困難，何不轉用簡單一點的科技捕魚？

擴音器裡火長說，捕不捕得到魚是其次，他持的火槍延續著北海岸巴賽族的古老智慧，肩負傳承使命。我想，火長滿布皺紋的臉上應該有些無奈，又流露出守護古藝的堅毅。以前看奧運聖火在祭壇點燃，持火炬者跑遍各城邦，宣告賽事開啟，聖火的傳遞在傳達奧運的生生不息，火長持的火槍也是傳承的火種，場域在海上以及更深更廣的心海。

眾人談話間，「火長，放水。」水腳仔們大喊。第二道「蹦」響，火花較上次更燦爛，點燃了眾人的興奮。

「火長，水擱放下去。」

「時間猶未到啦。」大家等待第三聲巨響——那才是真正的放水、點火，水腳仔們養足氣力氣勢準備放下三叉網。

忽然「蹦」一聲震動海面船隻，四周驚呼與火花齊迸，漆黑的夜，數萬隻受火光吸引的青鱗仔自海面下翻騰到半空，亮光中，銀白魚身扭尾擺臀，是海上的煙火秀，海面因魚的躍動滾水般沸騰。

漁民、遊客們緊盯著魚群與火炬，我恍然，魚「吃」火是因為受到亮光的吸引，水腳仔們撈起網，想撈起日子要過下去的光。

青鱗仔的漁汛期只有三個多月，短暫如眼前火花。捕魚必須結合視聽感官與力道，海流、魚況、海水深淺、收放網時機，無一不求精細，這些精密數據存在火長的腦海及手感。書上說漁夫是討海人，「討」，道出與天搏鬥的命運，是勞力者航向平安豐收的最低祈求，但我眼前的這群漁民除了討生活，更結合了美學、科學及對老天的怨嘆、敬畏與調適魚獲得失的哲學。

火花引來大量魚群，本該是歡慶，擴音器卻傳來火長和水腳仔的三字經咒罵——點火者竟是對面駛來的船隻。天色太暗，遊客只注意到火光，未辨光源來處。

火長只耽擱幾分鐘，魚群出沒的時地已被對方船隻搶得先機，方才絢爛如花的亮光不是我船綻放的。船上漁民都年近花甲仍努力捕魚，有位水腳仔原在金山某間大廈當警衛，到了青鱗仔的盛產期，為了改善生活才來。今夜是撈到一場空。

火長頹喪地望著跳向對方漁網的青鱗仔，手中火槍仍是緊握。對船的火槍持續燃火，空氣飄散著煙硝味。

出海真像征戰，敵人是天也是人。

黑夜中大片旋舞的魚與絢爛火光美得虛幻，對方的火炬照亮我船的空網，我數了數船上漁民約有七個家庭待養，而遊客們只顧盯著海上「蹦」出的火花。我們也像青鱗仔，被眼前的光牢牢吸引。

爸爸和阿祥叔想像火長的表情，回程時，主動買了二十包金山漁會特製的青鱗仔魚乾，想將火花燃放後的餘燼藉由味蕾銘記。同為討海人的阿祥叔說看到了更多蹦火之後的陰影，希望自己的支持是漁夫們生活上的光源。

也許是我們同情的語言太露了，火長拿著擴音器對海大喊，「咱个地盤有偌大？看得个攏是咱个，魚仔一定擱有啦。」語氣有硬撐出來的傲氣。

回家後，我將漫畫《海賊王》放到櫃子最裡層，這套書適合未曾真正出海的人，在海上長久討生活，夢想與詩意終將消磨，船上載的是現實，必須想方設法在甲板上站穩。

幾年後的六月週末，想讓當年未能同行的兒女重遊，主辦單位沮喪地回覆，活動恐將熄燈。

是不是世間美麗的火花都註定短暫？我以為是漁民們年紀大了，不適合出海。當年的蹦火仔船之行，快要不惑之年的我在船上又暈又吐，那些火長、水腳仔已逾六十，仍老練地操作這純賴手工、耗費體力的技法，加上必須在晚上工作，若遇風雨，每次出海都是拿命和老天抵押。

但，讓此法瀕臨絕響的主因是二〇一六年有艘貨輪在石門外海擱淺，船身斷裂、漏油，蹦火仔船的沿海線礁石被漬成灰黑，油污範圍擴散，廢油黏在青鱗仔棲息的石頭底層，魚群銳減，漁汛期縮短，漁獲量已不敷出海成本。

主辦單位誠心致歉。我上官網查找當年油污外洩的照片，海岸飄著油污，礁石浮出油亮反光，攀附在石上的螺殼與裡層的肉都沾上了油漬。

油污情況擴散後，魚群遠避濃重油腥味，捕獲量變少，也沒有買主收購。猶記二〇〇八年，一艘巴拿馬籍貨輪在同地擱淺，百噸燃料重油外洩，海岸線全遭污染，耗時兩個多月才清理完畢。

回想觀看蹦火仔的那一晚，當對方船隻搶得先機點火，火長氣憤挫敗，終向現實低頭，另覓魚群聚集處。面對人為的貨輪漏油事件，火長會低頭嗎？仍會堅強地在黑夜中重燃不屈的火花嗎？後來得知由於新冠疫情，出海成本調漲，漁民只能無奈轉行。這幾年蹦火仔活動再度興辦，新聞更報導有位二十八歲的年輕火長接下父親的棒子。

我記得當年那位火長在蹦出第一、二道光，等待第三聲「蹦」響的雀躍，以及吼出的那句話：「看得个地盤攏是咱个，魚仔一定擱有啦。」

翻越一座山

走到了中年的自己彷彿一本書翻到了中間，前頭內容依稀記得，後面的結局想看又怕看，而目前這一頁有許多折角、也有畫線註記，卻讀得好慢。

四十歲那年體內被診斷長了顆腫瘤，切除，前年復發。不斷自問：平時不菸不酒、注意飲食、定期運動，為什麼仍是衰神附體？醫生問：心情呢？壓力大嗎？我想到自己複寫了媽媽的個性——要求完美，心情經常在空中走鋼絲，每一步都小心翼翼，生怕一個微小的失誤。

家人忌諱鬼月開刀，因此手術定在中秋前。在此之前，醫生建議去散心，轉換心情。好友艷雲研讀佛學博士，每年會去南印度藏傳佛寺學藏文，邀約同行。出發前，我在行李放入媽媽給的小串佛珠、藏文版《心經》及腫瘤診斷書，想藉此求得安心或奇蹟，也為雙親及夫家祈福。

媽媽讀藏文版《心經》由來已久。我的青春期撞上她的更年期，兩列錯軌的火車轟鳴擦肩，全家擔心列車會失速脫軌。那時不知道情緒失衡關係著荷爾蒙失調，我一味檢討媽媽固執、高壓、控制狂，祈禱快上大學，去異鄉讀書便意味著自由。高三某天補習回家，正愜意爸媽不在、空氣都輕了起來。沒多久電話鈴響，媽媽下腹痛住院，診斷罹患卵巢畸胎瘤，醫生建議觀察，不要貿然開刀。

出院後，也許腫瘤緩慢脹大，令她煩心，媽媽聽起大姨贈送的藏文版《心經》CD，一字一字幼兒學語地唸誦。咒語似發音似乎真有法力，誦經完數小時，她的病痛與心情會稍微好轉。那陣子她勤跑醫院與佛堂，在主臥旁清出小房間，供奉觀音，小方桌上有個手掌大的香爐，旁置一只鋁製銅色轉經輪，晚飯後梳洗完將小房間清掃一番，門帶上，開始誦經。那時即將大學聯考的我聽著全然不懂的經文，以前失速、無故震顫的子彈列車竟在一些時日後慢速下來。

抵達南印時，負責招待的是久美格西（「格西」指藏傳佛教格魯派佛學博士），他曾來台灣師大華文中心讀書，中文相當好。幾天後大家漸熟，才知他與我們同是印度的「客人」，此行結束我們搭機返家，久美的家在喜馬拉雅山另一頭，「家」對他而言遙遠又抽象。

我記掛病情與為家人祈福，經常唸誦久美格西教的白、綠度母心咒，期能消災增福、祛病延壽，內心知道經文不是仙丹，仍要靠自己轉念及改變生活作息和態度。有天大夥兒聊到登山，我提到至今最吃力的登山經驗是爬合歡山主峰，然而在家庭、職場、回診看病之間奔忙、比爬山更累。久美格西笑笑，寬臉長眼的他笑起來平和似如來，他提起十二歲時爬山的故事讓我暫時擱下自身的煩憂——

那天，西藏拉薩時間不知晚間幾點，外頭漆黑，十二歲的久美換下藏衣、簡單變裝，肩背小袋行李，不安地躲進貨車底板。這車是舅舅聯繫仲介安排的。久美惶惶地想著不知何時能再回到家鄉。

正想閉眼休息，左右傳來身體捱著身體的推擠聲與悶熱感，狹窄車底板設有隔層，每層擠滿人，共二十二位偷渡客，都想從拉薩逃亡到印度，有人想研修佛法、有人經商，原因不一，黑壓壓地擠在裝滿貨物、布料的車底，誰也無法動彈，久美忍著飢渴，減少如廁次數——路上時有共軍查哨，車子不可能因應生理需求隨時停車；且上廁所時得爬過一個個人體，耗時不便。「離家這條路是自己選的，必須忍耐。」久美對自己這麼說。

夜色如墨，車燈只能微微亮，一路上有查哨、狗吠，駛在顛簸石路上的輪響與老舊引擎催促油門的喀喇聲劃破寂靜，伏身車底的久美憑身體晃扭猜測路的彎曲。車裡無光，逃亡途中，司機只能挑黝黑的山路行駛。

日夜趕路，無人敢抱怨顛簸帶來的痠疼。車內隱隱透進日光，久美才知道又是一天的開始，默數離家的日子。

有天，趴在車底的久美感覺車身穿過山谷、翻越山梁，聽到司機與查哨人員交談，似乎來到了重要的關隘，車內的逃亡者屏息。不久車子繼續向前，一會兒後司機打暗號，一行人快速背著行李下車，躲躲藏藏地從關側入山——眼前是喜馬拉雅山峰之一的泡罕里峰（Paohanli Peak），海拔七千米，位於中印交界入口。此後唯一的交通工具，是雙腿。

跋涉過程雲常遮月，夜影幢幢，在十二歲小久美的眼中，山上叢叢針葉林彷彿四周站著千百個偵察哨兵，萬一被抓，自己的未來、父母的下場……久美打個哆嗦，按下對高山黑夜的恐懼，忍著砭人肌膚的寒風，咬牙趕路。

久美的爺爺是達賴喇嘛弟子，年僅十二歲的他深受影響，自幼接觸藏傳佛教、立志學佛，但父母堅決反對，單傳的獨子怎能遠去他方？在爺爺的支持下，久美找住在拉薩的舅舅幫忙，策劃偷渡。

年幼的久美在故鄉已感受到中共對藏傳佛教的壓制，藏區時常談論「一九五九年拉薩事件」——該年三月藏民集會遊行，喊出藏獨的口號，與中共解放軍的敵意日增，戰火一觸即發。當時未滿二十四歲的西藏政教領袖——第十四世達賴喇嘛率家人和藏區部分官員於三月十七日深夜離開羅布林卡，經兩週跋涉翻越喜馬拉雅山，赴印度尋求政治庇護。

達賴喇嘛出走四十八小時後，駐藏解放軍砲擊羅布林卡一帶。一九八七年九月，中國政府在拉薩體育館公審一萬五千名藏人，兩名判死、八名監禁。達賴喇嘛立刻在美召開記者會聲稱：「西藏不是中國的一部分，是獨立國家。」三天後，二十一名喇嘛在拉薩市喊藏獨口號遊行，打傷公安，遭收容審查。

久美出生的前一天，一九八九年三月五日，拉薩等地的藏人對藏獨問題公開示威，結果最後演變成暴力，一位駐街的武警被毆致死。兩天後，中共國務院在拉薩宣布戒嚴，出動軍警平息。

久美成長於此，年幼的他常在親情和宗教自由之間拉鋸，與父母相處的甜蜜雖令他不捨，但鐫刻在血液裡、痛心的藏族歷史讓他決定要走一條艱辛的路。

久美一行人的逃亡過程，三餐往往只是糌粑，有時撿乾草燒茶，因高山常捲起寒風灰沙，火屢遭吹熄。他們早晨休息、趁夜趕路，長途跋涉使腳和身體都受了傷，然而糧食帶得不多，只好一路捱餓。

如此十幾天在高山雪地疾行，久美在寒凍中時時想回老家，也擔心遇到猛禽，十二歲的他本是愛玩、愛唱歌跳舞的年紀，從未歷經如此漫長險途，每天提心吊膽，最擔心被中共抓回，累及家人……他已無退路了。

有時山上冰封雪蓋、寒風刺骨，陽光照著雪地時反射出強光，一行人在蒼茫雪域裡艱難前行，久美只能轉念想著山後的金光照耀之地是閃亮亮的自由，讓自己撐過想放棄的念頭。

等到徒步至中印邊界，久美一算，已是離家的第二十一天。他站在海拔四千公尺的印度國土，回望西藏，眼前依然是高聳入雲的山，細如針的樹林，如此安詳寧靜，若非身上骯髒破衣提醒著逃亡的事實，臉上閃現對未來既篤定又不定的茫然，旁人或許會錯覺這一行人只不過是來登山郊遊。

久美朝回望的方向合十默禱，往南印度下密院的方向走去，他再也不能聯繫父母了。西藏註銷了他的身分。久美看著山路上人、駝獸雜遝的足印，這裡歧出、那裡又繞回，似乎預示著久美未來的取經、習佛之路也是如此。

不得不離鄉的藏民們翻越喜馬拉雅山、流亡到印度，建起不被中共認可的政府。南印的藏人們努力學習各種外語，印度文、英文、中文，以各種語言傳達對自由獨立的渴望。他們手裡都有一本黃色的難民護照，可以去幾個國家（有時會遇到困難），但這輩子都無法再回到那片風吹草低見牛羊的高原了。

當年第一次踏上印度國土的小久美，此刻在我眼前已是身穿絳紅袈裟的一米八高壯身材，眉清目長的他今年三十四歲，仍能哼出家鄉小調，讓大家傳閱他母親的照片。這對母子五官極為相似，我們好奇高原民族是否因為要適應寒冷空氣，鼻型都偏長，久美笑說不清楚，看著照片的眼神有緬懷、渴慕及許多我們都懂的情緒，但我們選擇不說。

久美格西在南印「下密院」讀書（藏傳佛教格魯派學習密續的最高學院），十年顯教畢業後，六年內取得下密院密顯博士學位。我提出疑惑：如果不懂藏文，依賴翻譯，可行嗎？格西回答，研修藏傳佛教的人如果不懂藏文、僅靠翻譯，當譯者未能完整如實表達教義，將影響理解及修行。為了弘揚藏傳佛教，久美格西二十九歲時跨越了長長的世界版圖、來到台灣——這是他繼十二歲後，再次橫跨到他國。這一次，他不必再躲躲藏藏了。

以前我出遊，除了家人之外，同行者多是點頭之交，這次南印之行或許有高僧陪同，大家把握機會求解人生難題，似乎是這些人生課題讓同行的人倍感親近。我沒有明說自己的病情，但敏銳的久美格西似乎有察覺，他以自身面臨的課題勉勵大家。

我原以為高僧幾乎沒有世俗的困擾，他們是負責解題的，原來也有自己的困境。藏僧努力保持西藏傳統文化，年輕藏人的心態卻悄然轉變了：傳統藏族裝束漸漸看不到了；以前適應乾冷高山氣候的暖身鹹香酥油茶，因北印天熱，南印暖和，已非流亡藏人的必要選擇。另外，久美格西尷於中共和藏人的難解習題，冀望世人放下貪嗔癡、去除我執，沒有鬥爭，然而他所處之地——中國和印度長久以來領土糾紛不斷，邊界衝突頻仍，雙方不是用槍砲對峙，而是互丟石頭、打群架。二〇二〇年八月底，中印兩國在拉達克東部班公湖爆發衝突，一名印度特種邊防部隊士兵因誤踩地雷身亡。士兵名尼瑪丹增，是藏人。自一九六二年中印戰爭失利，印度政府意識到喜馬拉雅山區的軍事行動需要特殊體能的士兵，成立一支能夠適應高原環境、以藏人為主的邊境特種部隊，而中印衝突中，中共派出來的士兵或許也有能適應高山氣候地形的藏人。這無異於《賽德克・巴萊》同族相殘的悲歌。

久美格西續道，近二十年來中國藏區的經濟飛躍，藏人安居樂業，宗教熱情難免受到資本主義的侵擾，有些藏人將人權問題暫擱一邊，而流亡印度的藏人在微信看到原本破爛的老家華麗轉身，返鄉之情日益迫切。海外的藏人家庭也不太願意把小孩送去當和尚，未來寺廟的僧侶來源成憂。

令久美更無奈的是國際情勢。中國崛起後，國際對藏僧的阻礙日增：二〇一四年十二月教皇拒見達賴喇嘛；向來支持藏人的歐盟議會同年停止贊助西藏人權的組織；同年，諾貝爾和平獎得主高峰會在開普敦舉行，南非拒絕發給也是得主之一的達賴喇嘛簽證。

久美格西的家就在喜馬拉雅山另一頭，但不是翻過高山便能抵達。世人對藏傳佛教的不解及誤解、年輕藏人的認同問題……都是一座一座的山。

相比之下，我的山只是座坡度平緩的小丘。

兩週的旅行結束前，久美格西祝我健康平安，贈送了一條哈達（藏族禮儀中象徵吉祥的白色織品）——他並不知道我罹患的病名，同行之人則紛紛手抄藏文「བཀྲ་ཤིས་བདེ་ལེགས」，那是平安、好運、喜悅與幸福的祝福語，音為「扎西德勒」。

（本文節選自第四十四屆時報文學獎報導文學組佳作作品）

3

裸露的趾肉

足相

初為人母時，失眠氣虛、雙腿浮腫，加上工作須整天久站，開始到足底按摩師蔓蔓那兒紓解痠痛。小時車禍的她半盲，一個半小時下來便洞悉我的痛點與氣結。當腳拇趾下方有個地雷被引爆，我面部扭曲、呼痛連連。「這是太衝穴，最近睡不好哦？筋都結在一起，腳皮膚好乾……」我祈禱快點熬過這「花錢買痛」的酷刑。

在家裡、按摩師那兒及瑜伽課堂外，我的腳向來羞於見人，因為它們少女時期便老起來放著——深膚色雞爪腳背、蒼白腳趾，原以為塗上蔻丹便能生花，那些紅點反倒突顯了枯枝的老態，著實羨慕蔓蔓店裡有些客人即使上了年紀，腳趾依舊如亮面的拋光貝殼。

枯也要有味道，我開始呵護雙腳。媽媽納悶：修個腳趾，為何花上一個多小時？後來她罹患甲溝炎，才知道腳趾如果粗硬，得先泡溫水軟化，用密合度高的剪甲器修完，再以磨光棒磨平甲緣，最後塗上凡士林保濕。

但媽媽仍會笑我：「腳皮乾粗，保養品都吸收到哪裡去了？」記得小時我的腳掌圓胖，經常踩踏被米湯漿過的衣被，晾曬時聞著衣物米香，覺得雙腳竟能神奇地將布料搓得硬挺，誰知嫩腳怎麼被歲月漿得如此粗硬？

蔓蔓建議天熱在家仍須穿襪，隔離地板的磨擦。我將爪般的肉套上襪子後增添幾絲風情——襪上繡著凱蒂貓圖案，便墜入了卡通萌世界；黑色網襪性感勾人，無奈家人以為是穿上水果套袋。

然而天熱時，難以抵擋赤足觸地的爽感，以為痊癒的尖刺雞眼再度自腳拇趾下方悄聲冒出，一走路便鑽鑿足心。醫生開了消炎藥叮嚀，「你的臉看起來年輕，腳卻步入初老，人一生不是走就是睡，腳承受了身體大部分的重量。」

米粒雞眼刺扎扎地釘在足底一個月，也將我釘在床上數日，等到可以慢慢步行外出買菜時，膝關節忽傳喀喇聲，才明白腳的韌帶、骨頭、肌肉開始退化，年紀大了足弓會漸漸塌陷、變大變寬，趨向扁平足。原來時間的躡步如此悄然無息，不只是皺紋，還會用尺寸告知。我得知這些健康訊息時，順便摸摸自己的腰贅肉。

於是我以賓客之禮待腳，不敢怠慢，沐浴完塗乳液、去腳皮、穿棉襪，依舒適、實用與美觀挑選合宜的鞋，偶爾在腳的細節處打扮、取悅自己，戴上銀白腳鍊，在人們不會注意的踝骨黏朵小花紋身貼紙。某天得知有人癖好戀足，見女人足趾蔻丹如紅色編貝，心魂便被勾得飄忽滾熱。然而先生自婚後練就了霧裡看景的功夫，近年他老花加劇，卻懶得重配眼鏡，認為模糊自有美感，因此我的光療腳趾或踝上鍊對他而言是無用裝飾，他的眼裡只有手機與電腦。但無妨，餵養足底一些脂液，讓走了人生實相的腳也嚐些甜果。只是對操勞過多的雙手有些歉疚，洗碗切菜打字投籃拾筷，卻連個手套、腕鍊也無。這雙斜槓人生的手，太多裝飾有時反是負擔。

去年好友聚會，有人發起「與人裸足對望一小時」活動，結果報名者只有一、二，沒有意願的理由是氣味差或不美觀。大家在Line群討論：在外頭，五官與手都能坦然示人，腳卻悶在緊箍的容器裡，會不會悶出病？

詢問發起人的動機，純粹肇因於腳有時被邊緣化了。與人初識，第一眼多半是臉，極少注意腳或鞋，甚至多數人也忽略自己的腳。有次工作單位辦諮商輔導研習，心理學教授提到腳經常會顯露潛意識心情，如膝蓋或腳尖朝向對方，表示對話題感興趣，反之則否。腳因其所處的位置在身體之下，語言也相當低調。

我的瑜伽課每週一次，最近老師指導新動作——與隔壁的人面對面，弓膝坐好，抓住彼此的手，腳掌相貼，兩人同時上抬一腿，慢慢伸直膝蓋，接著再換另一腿。這並非找舞伴，不合、就忍到音樂結束再另覓合適者，曲子很快便會結束；瑜伽課是一口令一動作，每個動作持續數十秒或一、兩分鐘，盡情延展身體。成員雖是老班底，但運動完起身便走，這是運動紓壓地，非社交場所，彼此知之甚少，大家可以著細肩帶、低胸中空服，但不會有肢體接觸。

那天伸展過程卻是初次與人腳底相接。起初學員對貼腳動作遲疑不前，無人尋伴，又不是聯誼，轉到哪個檯，坐下便可聊天，我連和家人也未曾貼過腳呢（但與親友牽手、貼臉是欣然接受）。老師解釋，獨自拉伸時，出於習慣及心疼自己，延展到肌肉緊繃或是微痠便立刻打住，雙人瑜伽可以借力使力，幫助肌肉延展幅度更大，兩人一組也有激勵之效，彼此都是教練兼選手。

那天的搭檔是一米七妙齡女子，對上我這一米五三的中年婦女，對方十趾塗棗紅蔻丹，身飄散淡雅橙香，反觀我的腳趾素色蒼灰，紮個馬尾，髮上留有晚餐煎魚的腥味與汗水。我倆由於手腳長度及腳掌尺寸相差甚大，對方腳伸不直，而我的腳因為伸展過度略顯痠麻。第二堂課，我找了個身材相仿的婦人，但彼此的腳掌數度滑下，對方因為腳汗頻頻道歉。雙人瑜伽只上了兩堂，腳底裸裎密合終究尷尬，我感受到彼此足底硬繭的摩擦，擔心自己反覆發作的雞眼會刮刺對方。牽手似乎沒有這層顧慮，大手能包覆小掌，手濕滑時可改成互勾指節。

回家與小孩練習貼腳，女兒笑說癢，兒子有香港腳，大家避之恐不及。我不禁想，若相親冊子在人像照之外規定附上裸足圖，不知會與誰結緣？

「靠著光溜溜的腳來交朋友，會接觸到比較真實的一面吧？」蔓蔓說出這想法，「腳可以知道的東西可多咧，腳趾形狀可以看出坐和站的姿勢——外翻，是鞋子不合；長雞眼是姿勢和身體氣血循環出問題；腳皮粗細可以看出皮膚狀況……」

面對蔓蔓，我常是素顏、紮個馬尾、T恤短褲，露出大腿以下的肌膚，方便她施展力道，是家人以外最貼近我肉身的人了。初識時，她按到我腳拇趾下的痛點，斷言太晚睡、氣不通；幾個掌管肝膽腸胃的穴道，猜我脹氣或者肝火旺。我一味呼痛（肉與錢包都痛），足底有太多痛感神經地雷區，她的指頭行經處，地雷一個個爆破，幾乎是我的家庭醫生。也因為她的手，我才正視腳拇趾外翻的嚴重。

工作二十年來我慣穿高跟，足弓天天拱起，每根腳趾、腳掌及腳跟用力吸附鞋底，重訓般支拄全身及生活疊加的磅數。不知何時開始，腳拇趾彎成了「く」，足背凸現青筋，平時只覺得不適，以為泡腳便可紓緩痠痛，直到認識蔓蔓，才恍悟穿鞋應該是為了保護腳，我卻因為愛美、想讓矮小身形不被埋沒，反令雙足變形、長出厚繭。我為雙腳扣上刑具，頂著高蹺時，在外人面前仍是嘴角上揚，不清楚這是職場上賦予我的期待、或是我給自己套了名之為「美」的枷鎖？腳拇趾的變形會不會象徵我的內在？

人不健康時，才意識到健康的重要。由於腳拇趾外翻嚴重，我重拾了學生時代的球鞋。

我們常提到面相、手相、骨相、心相，足也有相，蔓蔓單憑手感就能判斷我體內氣血運行的健旺或微恙。新冠肆虐的那幾年我憂慮疫情，淺眠，加上全家陸續確診，蔓蔓按到腳拇趾下方的太衝穴時，我常痛得嘶吼。「人老腳先衰哦。」她提醒是肝火旺、脾胃虛，再不好好泡腳、早睡早起，會提早停經、早衰。

我回想學生時代即使熬夜，隔天用遮瑕膏修飾，便無人知曉我體內頻頻瞌睡的靈魂。失戀久哭，隔天抹上靛藍眼影，誰會知道瞳珠幾小時之前是漫漶災區？

眼睛有遺憾的蔓蔓卻將我的足掌摸得知根知底，比我這明眼人還熟知我的身體。她有句話極有道理：人全身都可以整型、抽脂，肉毒桿菌可以柔化小腿肌肉曲線，注射玻尿酸能改善雞爪手，唯獨腳掌，幾乎保留最原始的模樣。

以最原始樣貌的肉足與人交往，讓對方的指掌接觸自己裸裎的雙腿肌膚，也許是明白那雙手說著：放鬆，我會接住。

那一葉

一條杏棕色細枝從下腹私密叢林攀爬到我的肚臍上方，隨著呼吸脹縮，枝枒彷彿擁有生命般開合；當我彎腰，細枝周圍皺摺出輻輳狀紋路，肉色腹皮乍看是一片剔除了葉肉、有著網狀結構的葉脈。

從未想過在身上紋繡圖案。大學時交往的他努力說服在彼此的手臂上刺上對方的姓氏，日後一見這永恆的印記，便能召喚肌膚繡名那一刻的深情與隱忍的痛楚，壓抑即將滾沸而出的分手狠話。他找了一家回顧率極高的人氣刺青店，聽說衛生且手工細緻。

「你是不是怕痛？」見我不為所動，他下了這個結論，不斷秀出一則娛樂版新聞：銀色情侶強尼・戴普（Johnny Depp）和薇諾娜・瑞德（Winona Ryder）大方曬恩愛，男方在手臂刺下女孩名字「Winona Forever」。

我內心嘀咕，感情的深厚不見得要以外顯方式印證，怕痛是原因之一，也擔心分開後印記成了尷尬的存在，加上我倆姓氏一甘一林，合唸並寫都不悅耳。由於交往的他是爆衝獅子座，有些話我只能化成唾液嚥下。

獅子男不死心，舉好友為例：小周與女友分別在小腿刺上日與月，昭告對方是彼此的太陽與月亮。老姚與女友熱愛衝浪，各在肩頭刺尾鯊魚，見面時必說通關密語：我朝著你游來。

我大三時，每對伴侶都面臨即將到來的畢業與就業，原先的人漸漸不在身邊了，不慎在校園一角碰面也倉促閃避，彷彿同處一室就會成為彼此的塵蟎。聽說小周女友與老姚女友都另有鍾情對象，然而之前的刺青面積稍大，耗時數月才勉強洗去痕跡。洗刺青比刺青更痛，肌膚紅腫、留下傷口，彩色紋身更需要昂貴的雷射治療。我想到小周那一對腿上的日與夜，白天、黑夜原本就兜不在一起；而鯊魚圖案似乎預言著老姚與女友分開時的互相傷害。

在肌膚刻下約定的印記，是承受疼痛後、宣示專屬權的戀人絮語；但分開後刮除了紀念，殘留的只有痛。有時喜歡一個人只需數分鐘，洗去對方的痕跡卻耗時久久。那時年輕的我未曾料想日後有人會在我身上留下一道抹不去的深痕。

這道印記最初不似葉脈，將局部放大細觀，只是一條凸起的肉棕色蚯蚓。求助皮膚科雷射、注射除疤針，它仍紋絲不動，才知道自身蟹足腫體質令疤痕增生，削減了醫學美容標榜「電射除疤」的神效。那印記會不會是對方要我牢記：「定情之物不能像前幾任贈送的耳環、相框、馬克杯，說丟便丟。」有時，身上這道痕跡似地圖上的座標，將人生某時期的故事錨定經緯，任何時間點都能乘車穿越時空、回去現場探勘。

遇見這位留下印記的人之前，我身體極差，每月有兩天下午必須回診治療甲狀腺低下並檢查荷爾蒙數值（甲狀腺影響全身內分泌）。當時我治療不孕多年，先生工作繁忙，回診時多半是我孤身前往，醫院超音波室及抽血檢驗站是我的常駐地。

由於不孕針劑在肚皮上留下點點孔洞，我常在上頭擦拭乳液，揉散瘀青，久之，下腹如一只米色鼓脹的針線包，殘留針帶扎過的青斑。

求子第六年，醫生見我的希望如水流去，建議改用試管療程。這方式我太陌生，從小到大在課堂、校園或家庭從未觸及不孕知識，師長們唯恐學生未婚生子，竭力宣導安全性知識，我從未設想自己需要的並非「避」孕，而是「受」孕。身邊有些渴求子嗣的媽媽們年近不惑，對順利懷胎的認知幾乎空白，以為月信來潮便能在體內孵育生命，殊不知那僅是基本門檻，更須考量卵子直徑、輸卵管通暢與否，有時甚至找不出原因，我們只能寬慰自己：沒有答案也是一種答案。

當我來到不孕診間，才真正體驗人工受孕的艱辛與繁複——服用藥物及針劑的頻率、時間還有劑量都要精準。我在記事本詳註排卵日、打破卵針、卵子排出後夫妻親密的時間、及精蟲注入母體的回診日。數輪療程後，醫生發現我的卵子直徑始終未達成熟的兩公分，建議下一步進行試管——卵泡成熟時取卵，讓精卵在實驗室裡人工結合培養成胚胎，再植入子宮。

現今，試管嬰兒已非新鮮事，然千禧年左右，這種技術仍是引人側目，彷彿必須用「自然」方式得子才是正道。當時我求助「試管嬰兒之父」曾啟瑞醫生，他是一九八四年培育國內首例試管嬰兒「張小弟」的北榮團隊成員，這在當時是繼日本之後、亞洲第二個成功案例。當年的試管嬰兒，今已年屆不惑。

初至曾醫生診間時，我不孕症療效不彰，剛歷經第三次流產，萌生放棄念頭。有次看到曾醫生的受訪報導，在我灰濛濛的求子路上透進微光。報導裡他說：「不孕症治療結果不是滿分就是零分，患者沒有生下孩子，治療的成績單上便永遠掛著零，不像其他急性或慢性疾病，治療後病情多少會有所改善。」有人問曾醫生：生殖醫學是不是在製造生命、創造生命？曾醫生回覆醫者不可能扮演上帝，發球權永遠在上帝手上，醫療人員只是用上天給予的禮物——精子和卵子，運用科技回應不孕症患者的禱告。生殖醫學只是接住上帝的「界外球」。

曾醫生的「禱告」二字觸及我心底某塊危危欲墜的地方，他理解不孕者。後來有件事讓我更明白曾醫生的人道關懷——這塊土地同意捐精、捐卵，但《人工生殖法》適用對象僅限不孕的異性配偶，同性伴侶和單身者無法透過人工生殖技術生育，為此他感到遺憾。

受限制、不被認同的無力感我能體會，當時我的療程遭原生家庭強烈反對，「試管」二字對鄉下的爸媽家而言過於人工、極不自然，加上百萬費用讓爸媽瞠目（諮詢費、治療藥物、排卵針破卵針、每次抽血及超音波、取卵金額、精蟲顯微注射……）。當時我們完全沒想到現今每十六位新生兒，就有一位是試管寶寶。

礙於經費，我的療程無法進行試管，只好重循人工受孕舊路。求子第七年，我飽嚐了長期以來荷爾蒙針劑的反胃暈吐後，遇到了腹部上那道印記的主人，他在我幽暗的生活隧道裡透入一點光。我生活壓力大時，他輕快厚實的心跳是安神曲、是一聲聲的加油，他會提醒：咖啡適量、少冰飲勿熬夜。我們都喜歡順成蛋糕的手工餅乾，甜食讓我的腰間肉浮現層層閃亮的油花——是被他養出來的幸福肥。我們都喜歡望月、聽鳥鳴，當我凝視這些美景，他的心跳也頻頻加快。我的回診報告不樂觀時，感受到他輕聲安慰：「沒事，都會好起來的。」兩人能相伴久久，是因為朝著共同的遠方慢慢走，一方快墜落時，另一人也能伸手接住。這並不容易，相處過程難免遭逢突然的劇變，要從容面對需要有高情商。

我與印記的主人遇到的緊急事件在二〇一〇年暮春第一個週六，我們約好早上九點見面，前晚子時我突然無預警腹痛，胎位不正，他臍帶繞頸三圈，然而距離飯後才三、四小時，不能麻醉。他知道之前我的體內曾夭亡三個寶寶，約莫感受到頻繁宮縮的陣痛，他開始不安，著急地在我體內翻攪、擠壓、扭踢。醫院溫度極冷，病床、椅子、點滴罩著不太真實的灰白光，我額間背脊直冒汗，意識模糊，周遭傳來走動聲與細碎交談，空氣瀰漫著酒精與尿騷氣，鄰床斷續傳來因為陣痛引發的尿失禁呼喊。我催眠：這是幻境，但下腹撕裂感與汩泌而出的濕膩羊水又如此真實。

擔心他感染細菌，醫生緊急宣告半身麻醉、剖腹，也許他這位前世情人等不及要見我了。劇痛、哀嚎近五小時，護士對我痛得打顫的身體擦拭酒精，預告兩人初見的時刻。我的下腹劃開一道裂縫，照進來的混沌天光迎接他的降生。聽見那宏亮的啼哭，我也跟著落淚。他給予的定情禮漸漸長成了葉脈，不凋，宛如新生。

包袱

前年初冬因職務關係受訪，我習慣從背包拿出紙筆記下閃現的字句，筆記本是黏蠅紙，試圖以密麻麻的黑點抓住飄飛的靈感。採訪者的眸子在齊眉瀏海下晶亮地轉了轉，禮貌中帶點嬌憨，好奇我的背包裡除了筆記本、還裝些什麼？她坦承是受到《聯合文學》「（包包）背著走」單元的影響。

想起林姓女明星在影片裡提及某牌提包比A4尺寸小，要價千萬，真真是拎著一棟豪宅，接著直播新包開箱文，裝滿人參喉糖與印著少女卡通圖案的防疫備品，最後展示她收藏的另一只愛馬仕柏金包，亮面胭脂色鱷魚皮，扣環鑲著成排白金鑽石。忽然，敞開的拉鏈處跳出絨白的臉蛋，雙耳覆蓋了層烏雲，粉紅尖舌吐呀吐，黑眼珠骨碌碌地滾。調皮靈動的吉娃娃享受著奢華貴氣的住宿體驗。

包包是個窩。我會將口罩衛生紙、雨傘手機充電器、鑰匙錢包、小說記事本、藥物化妝品等日用物往裡頭塞。款型從不挑選硬殼材質與高價款，擔心撐壞了包包的胃口，軟性質地承載力更廣。不太清楚外出撞包會不會如撞衫般尷尬，幾次經驗反倒是相見歡，詢問彼此的購買時地，彷彿認親。對，真如認親，同款包包是出自同一家工廠，幾百個手足分散各地，湊巧在此相遇，彷彿拼圖裡的幾塊零星。我的衣櫃裡那幾只或圓或方、單肩、雙肩造型與手拎包，會視天氣、心情、衣著、場合與方便性搭配，有時數個月只拎同一個包，有時因場合需求朝夕變化。

我在中學任教，幾位主任經常背著帆布袋便自帶氣場。有位閨蜜在聚會前會上網租借當季最in的名牌包，她的信條是包包如情人，看久了會膩，必須一個換過一個，而我總是在對方先鬆開手後，才悵惘地要自己斷念。

當隨侍在側的包包歷經了歲月磨洗、呈現皮鬆肚開的老態，我才慌張感受到有個東西是不是要離開了？「總是慢了一步」的後知後覺，使我在發生變故的當下猶豫不決——經常發生茶包久浸了幾個小時，入口時渣滓已經散開，猶豫著飲品要全部倒掉或者忍耐下肚？舊包的去留也是如此。然而逛街時，卻心驚骨子裡的喜新厭舊，樂滋滋地試拎新款，興奮地將舊包裡的物品取出與比對容量，時常被先生戲謔我是變相地展示隨身攜帶物。

「跑路嗎？簡直是背個家出門。」對於先生的質疑，我回答，以防萬一。

通常出門前，我會再次檢查背包，看看裡頭是否填滿物質與精神食糧，心底萌生一股密扎扎的踏實。誰家裡不是放置百年難得用到的器物，心裡經常想著：總有一天等到你，於是家裡滿是買來後一年以上沒看的書、活動贈送的水壺、民宿附贈的梳洗沐浴用品、為湊運費而購買沒那麼喜歡的衣服……這些物品全被施以「不能丟棄」的符咒。總會有用得上的時候。

父母家務農，靠天吃飯的不定感讓他們參與小孩的生長大小事時、必有甲乙丙丁等備案，「做好準備以防萬一」是讓生活盡量安穩的信條，於是我的包包愈來愈重，肩擔愈來愈沉。

偏偏先生是渴望自由的風象星座，計畫充滿了變化，規劃好日本行，訂機票前變卦成了澳洲遊；訂好一位難求的火鍋店，前晚看了日本美食節目的拉麵介紹，胃口瞬間翻了盤。說走就走、來去如風的個性，認為包包不必整理，欠缺的物品亟需使用時再買，顛覆了我必須事先仔細核對包包內容物的保守思維。漸漸感受到婚姻是場修行。

先生外出有時連錢包都可以捨下，一切行動支付。自從家門改成指紋辨識，他更是毫無包袱，手機放入口袋便可出門，不必費心看顧隨身攜帶的包。他常說掀開包包便是掀開他人的心，當我從包包拿出一瓶薄荷精油在肩頸一滑，清涼的氣味也許能安慰些許痠痛，每顆藥品都是語言：生理痛藥、百憂解、助眠鎮定劑、甲狀腺藥錠、氣管擴張劑；手機錢包倘若黏著卡通貼紙，內心或許藏著少女魂；化妝品牌、手機型號、包包材質款式……只需瞄個幾眼，也許便能勾勒主人的階級、品味（當然也極有可能陷入刻板印象）。

印象極深是去年過年前趕搭高鐵南下，幫就讀中部大學的女兒搬運宿舍行李，在台北車站入口不慎與人相撞，包包裡的物件一樣樣地撲街，三兩位乘客幫忙拾起——衛生棉；寫著自己姓名、出生年月日的藥袋，上頭標示著治療尿道炎；一張健身房體檢單，超標體脂用粗體紅字標註；兒子不知故意或者不小心塞入的擬真玩具槍及他穿過、有些味道的海綿寶寶襪子。當下多希望不要有援手，不是說都會區的人大多冷淡疏離？打開的是包包，卻渾似我袒胸露背。曾好奇查閱《說文解字》，包字外邊是個「勹」形狀，像人裹妊（懷孕），中間「巳」字是未成形的小孩。也許我們手上拎著的，便是自己。

慶幸自己到了中年體力尚可，還能撐著過重的包包行走，再過幾十年身衰體弱，也許是另一口方形的包來接納自己了。

我經常提著超重的包，提起不安全感超載的自己。先生不忍心嬌小的我像隻馱獸，勸道不要將包包視為百寶袋。然而內裡裝滿零亂至極、卻熟悉的用品，能夠穩住我在社交場合裡的不安。在人我距離中，它經常扮演緩衝與平衡的支點——與不熟的人話題漸乾，我抱歉地翻找包包掩飾尷尬，藉口東西不知塞到哪裡了。有時尋找失物的過程，彼此一問一答，又輕輕地搭上了線。抓著包包，彷彿緊抓救生圈。

據報導，英國女王在公眾場合極少不帶提包，淡淡地隔離了想上前握手的民眾，當下女王身邊不乏保鑣，但最貼身的護衛是拎在手上的那一位。安靜不語的包，竟隱含了承載物品之外的喻意。我大學畢業還沒有對象時，大舅媽常熱心地介紹客戶，她是專業媒人，誇口一年撮合了十多對。有次她介紹某位男士與我見面，謹慎傳授潛規則，與我約定暗號，這才知女方的包包隱含社交語言：包包若放在椅背，暗示媒人留給兩人獨處空間；若包包放在椅下置物箱，意味女方無意久留。提起與放下，指涉著感情。

去年初夏到台中探視女兒，用餐時我去了趟洗手間，不慎遺失側背運動包。裝載安全感的包包一旦失蹤，竟是裝載著滿滿的恐慌，裡頭有錢包、信用卡、證件鑰匙手機……彷彿我把自己搞丟了。

於是此後我的包包盡量不超過A4尺寸，努力摒棄「總會用得上」的想法。捨，相當地難，因此我先從手機開始訓練，半年以上沒有使用的App、數個月沒點閱的臉書社團、久無互動已長菌菇的社群群組，全刪，幾個月後，才慢慢練習處置包包裡的元老物品。

下手時，內心極為掙扎，彷彿將栽種在心底的根拔除。如此訓練了半年多，或許拔了一些根鬚，克制著不要一再頻繁檢查包包內容物。最近覺得心下有塊地方似乎鬆了些，也許再歷經一段時日，我也可以自在地移動了。像那隻跳出愛馬仕柏金包的吉娃娃。

減重

去年底，在外地讀大學的女兒回家過年時買了新型磅秤，可以測體脂、內臟脂肪、骨密度、肌肉及基礎代謝，提議一起減肥，相互砥礪，提高戰鬥力。我思忖人生走了一半，得好好享受美食，正想婉拒，她指著我體檢報告上體脂、血脂的怵目紅字，「媽，你現在連呼吸都會胖。」

於是我們成了隊友，在月曆上擬定作戰計畫——減少醣、油比例，增加運動頻率與時間，每減少半公斤，週末便以美食滋潤乾枯的心靈。《惡魔之魂》電玩裡要擊殺敵人，才能獲得一定分量的「靈魂」，「靈魂」是獎賞，可以用來提升玩家等級的技能點數。

脂肪是敵人，週末的美食是殺敵後的恩賞。我是遊戲裡的新手勇者，仔細研究各種健康飲食與運動，小心翼翼地面對誘惑與陷阱。每減掉半公斤，恍似在遊戲中升級一次。好期待衣服漸漸合身，曲線由梯狀邁向沙漏型。一個月後，我爬梯開始不大會喘，也開始能嚐出無糖手搖飲的清甜，水煮雞胸肉撒點黑胡椒也頗耐吃。這真是隱藏的彩蛋。

正自得時，墨菲定律來得猝不及防，I人的母女倆竟在此時期頻繁接到聚餐邀約，打破了飲食清規，加上我某個案子近期內必須總結報告，每週兩晚有線上會議，稍一不慎便討論到子時，天越黑，肚子黑洞越深，零食喀滋喀滋地填入洞穴；女兒趕著申請下學期業界實習的書面資料，要讓壓榨殆盡的腦細胞滿血復活，便是讓不是太飽的胃補充一些能量。

起初破戒還有點罪惡感，幾次之後，我們減少愧疚的方式便是疏遠磅秤。

今年春節連假天氣轉熱，我有幾件原本合身的T恤穿起來些微緊繃，腰繫皮帶便活脫脫是顆肉粽；女兒沒有料到有天會與胖字劃上等號。我們醒悟對口腹之慾太仁慈，便是對身形殘忍，兩人規定睡前一定要做的功課是裸身秤重。女兒說赤裸的用意是褪下文明與繁縟裝飾，給日日承受重量的磅秤最純淨的自己，它會給予真心不騙的回應，語帶真誠毫不保留地說到小數點後第一位數。當我們安慰自己沒吃什麼，磅秤便是身體的測謊機。

日日，我們看著數字，寫下白天飲食回憶錄，思索如何調整隔日餐點。女兒常灌輸知識：麵粉蛋糕泡麵是高升糖食物，會讓血糖飆高、囤積脂肪，輕盈守則是低糖、低油、高纖、高蛋白、多水，要打擊的敵人是脂肪，不是肌肉。某天我喝著新鮮果汁，女兒細數這杯濃縮了兩、三顆柳橙蘋果的精華，糖分特高。「媽，魔鬼藏在細節處。」此時我們角色互換，她是教練，我是選手。

有天女兒指著某新聞報導：睡眠和體重成反比，平時懶在沙發滑手機、熬夜追劇的她，開始督促一起晨跑，十二點就寢，每日必買的手搖杯換成白開水，不吃早餐的她三餐定時定量，這和我年輕時聽聞的斷食減肥、三日蘋果餐不同，才知少吃不會瘦，反而會復胖。女兒的減重法，減去了生活中許多不好的習性。

頭三天，秤上數字一路下滑，心情很是愉悅。先生是直男，當年認識初期會注意到我的指甲著色與髮型變化，穩定交往後卻彷彿視我為礦物，以為色澤形狀質地氣味永保如一。現在，經常是我瘦了半公斤，他凝神數秒回答，頭髮剪了？當我翻翻白眼，他的回答變成篤定口氣：你變胖了。減重初期，磅秤還能細微察覺我的身體變化，數字是它的語言，我讀出明顯的讚美或警惕，然而不知道是不是日夜受到男主人個性的薰陶，減重一週後，天天，我在磅秤面前褪盡衣衫，屏息等待評語，兩週以來它說的話毫無新意。我只好努力剔除雞肉皮脂、濾去高湯浮油、牛奶改成低脂、克制食慾，隔日數字反升半公斤。

女兒對我的驚呼感到好笑，「靈魂也有重量，心情也是。」追問我近日是否有心事？飲食縱使正常，但心情沉重、失眠會影響代謝，導致體重爬坡。心頭也有一張嘴巴，吃下淚水悲傷嫉妒怒氣，只有得天獨厚的人會消瘦，有些人心裡的空，反而用美食來彌補。

女兒提議讓身體放個假，找間餐廳犒賞一番。我猶豫不決，外食誘惑太多，不慎破功，前一週的努力不就付諸流水？女兒說，如同按表上學五天，週末也得休息，週一再做收心操。相較於我對數字的執著，女兒是瀟灑看待斤兩。我反思自己對於生活細節也是毫毛必較：職場紛爭已過數日仍掛在嘴邊；主管責備語氣稍重便落淚；好友無心話語，心中便砌上一座牆；其餘如講究衣服如何摺疊、公文上釘書針位置、料理時刀工的要求……這些細節讓我活得好辛苦。是否也應該減去一些職場家庭及個性上的沉重感，而不要減去對生活的熱度？

女兒常對我洗腦，減肥不是追求瘦，現在流行體雕。人也可以是藝術品，藉由輕食、喝水、運動散心，排出身心髒污，雕塑理想體態。

然而我的個性對事情都嚴謹看待，女兒的勸導我還暫時無法聽得進去，反而執著著磅秤上膠著的數字——感受不到日以繼夜的努力嗎？於是我對於飲食與運動要求更加嚴謹，彷彿嚴厲的教練，然而磅秤不為所動，經女兒不斷地勸說放輕鬆，我才學會檢視內心。

走在街巷，五步一間健身房，十步便有輕食便當，我是否把自己硬塞入一只

「名為瘦」的容器？會不會內在有個沒有察覺的空洞，才會希冀填上他人的讚美？我在國文教學時，不也是經常對用功讀書、但分數始終沒有變化的學生說：「語文能力如同重訓，體重雖然沒變，但身形已經有了線條。」

如今我的三高與體脂已經緩降，只是體重計固守著同一數字，擁有身體決策權的人不正是我嗎？

我的手機下載一款與電子磅秤連結的App，顯示一條水似的曲線，記錄這段時間體重的流動。數字停滯時不進也不退，彷彿流動的水被冰封住。

沒有彈奏不停的音樂，休止符也是節奏，我應該靜待河床慢慢地鬆動，或者不動，應該用心感受水靜止時倒映的天空、雲、花草樹木的顏色、聲音與氣味。

修改此文正逢端午，我仍在雕鑿人體藝術，方才聽了女兒的話、舔了兩口巧克力冰淇淋——雕塑工匠也要週休。幾個月以來，我學習抵抗誘惑，意志不堅時，就放鬆吃點甜食炸物刨冰，舀起記憶中的蜜糖、酥香與沁涼，適時地餵飽心裡的那張嘴。

蜕路

爸媽家在宜蘭，門前蜿蜒著一條深溝，溝邊瘋長大片的雜草，野鳥、水鴨、爬蟲常在那兒窩居，我常錯覺住在自然生態區。自家進門的玄關立著兩臂長的鐵夾和木棍，門外如果傳來路人驚叫，爸爸便提棍持夾往外衝，要我聯絡消防局。

每當春節過後花草萌芽，蟄伏了整個冬季的蚯蚓蜈蚣也出土活絡筋骨，萬物彷彿以甦醒宣告冬季即將結束。

我的乳牙陸續如秋葉般掉落的年紀，有天放學快到家了，舌頭與缺了門牙的嘴努力分辨「疑似地上霜」的ㄙ與ㄕ，看著凹凸石地上一灘灘水窪，多道細流蜿蜒，深覺宜蘭的春季是條擰不乾的毛巾，濕黏、霉味陣陣。我朝那些細流前行，家就在水流後方百來尺處，專心分辨ㄙ與ㄕ的我還刻意踏地濺起水花。突然，一條水流在兩臂之距的前方立起上半截，下身盤繞成圓，宛若細流分支的舌尖吐著信。我雙足如陷泥沼，體溫驟降，滾滾欲出的聲音被鉗住，體內每條神經緊繃欲斷。對方吐信，靜待原地打量我，不知道是否思索著如何以利牙一招奪命。恐懼終於衝破喉嚨，我失聲驚叫。

與蛇初遇，約莫定調了我此後的處事方式。學校位於家門左轉直走後七百公尺處，從此上下學，我是朝反向行走，即使必須耗費較多的時間及路程。

遇事不攖其鋒，閃躲迂迴繞路成了我日後的行走模式——面對艱難學科、人際溝通、起起伏伏終難企及的夢想。爸爸常責備我逃避，是縮進殼裡的烏龜。但，閃躲不能是迎擊的方式之一嗎？

印象極深的是我常在自家門縫偷覷爸爸和消防員各持長夾與蛇鬥法。幾次爸爸的鐵夾鉗住吐信的頭，那彎曲的長身時而迅捷如點燃扭竄的鞭炮，時而優雅如迴旋飄飛的彩帶舞。驚心動魄的對峙後，獵物最終被囚在密籠裡。

爸爸偶爾將被車輾過、幾乎曬成標本的蛇乾，或將留在路上的透明蛇皮帶回來，帶點強迫性地要我正視幾眼再扔掉，他認為遇到挫折就是要強碰，再痛，咬牙忍耐定能熬過，我的逃避是慢性止痛藥，吃多了會傷身，認為我的閃躲是對事物不瞭解，總說蛇有什麼好怕的？眼鏡蛇是尼羅河神的化身，為了保護豐饒的三角洲，也是印度毗濕奴創造萬物的象徵，是生的主宰。但我就是視牠為死神的代言，只是那時我只會用搖頭或沉默面對爸爸的嚴詞厲語，不與他交鋒。

我到了青春痘萌生的年歲，對爸爸的頂撞也開始萌芽。與他正面衝突的那陣子，他常感覺累，不久之後右腰側刺痛，多根細針鑽入骨椎，數日後肌膚遍布疹丘、水泡，癢痛灼熱、胸悶難受。爸爸掀衣，右腹及右背因反覆抓搔而紅腫，上頭浮著數朵奶黃膿疱，附近的肌膚乾皺起屑，一片片灰白色的鱗甲，遠看彷彿一條赤蟲纏腰。

病名是皮蛇。

爸爸治病過程類似與蛇鬥法，聽說此物繞身一圈，生命便終結，因此當斬。

我們遍尋中西名醫，親戚推薦了清熱解毒藥及民俗偏方：先以艾草淨身，媽媽持鋤拿鏟，繞著爸爸揮舞，隔一陣子又以線香灼點水泡，聽說此法可以點瞎蛇的雙目，牠便找不到獵物。

數日後水泡復起，更加紅腫，傷口流淌組織液，引發蜂窩性組織炎。我認為療法偏不勝正，爸爸則是全力拚搏，只要有一線生機都不甘放棄。此病纏繞爸爸好久，陪他就醫，他偶爾沮喪感嘆：「生這種病，人生冇意思啦。」但多數時候誓言要和此病長期抗爭、絕不妥協。此話聽久了，面對磨難考驗是要這樣啊。我也開始這麼想。

或許鄉下醫療資訊不足，延誤就醫黃金期，爸爸這病難以斷根，常聽他呻吟灼熱刺痛，下腹有針從裡層的骨髓向外扎；有時病痛稍緩，他便鬆懈防備，忙工作忙投資，一不小心勞神失眠，不知窩藏何處的蛇卵又開始孵化了，幼蟲數日內迅速長大，擴及脖頸。幾次爸爸嘆風水輪流轉，以前制伏爬蟲的矯捷身手如今卻被飛蛇纏身，那片赤底白鱗勒得他坐臥不得，好似全身被毒液蝕腐。

此疾恍若生得一雙無影腳，未經察覺時迅速鑽入爸爸的神經底層，欲走還留。如此拖磨多年，爸爸由起初勇敢、頑強地試圖壓制，漸漸倦怠無力，每尋得祕方，症狀看似好轉，不一會兒又惡化，才驚覺那條蛇歷經冬眠蛻皮後，身形又肥厚了一圈，而爸爸的身子卻是日漸單薄，口吻也轉為負面：「人生冇意思，按捏欲拖磨偌久？」他不再勤勞服用藥膳，開始流露束手就擒的疲態，愈來愈像小時的我了——蛇在那頭，我們都害怕地朝反向行走。

爸爸為病所苦的那些日子，自家門前巷子原本不平的石地鋪了新柏油，左前方大片雜草改建成樓房。門外許久不聞路人尖叫了，漸漸地，我朝反向、繞路上學的次數只剩零星。

這病拖太久了，爸爸日漸消沉不想出門，家裡時常是滯流鋒面籠罩。也許成天窩在床上休息增強了免疫力，某天，爸爸身上赤白相間的水泡膿皰迸裂、進而黑紫、結痂。神奇的是痂皮掉了之後、蝕骨刺痛的發作期漸漸拉長。身體多年來與痛共處，偶爾進入刺痛休眠期時，爸爸便趁機在家門外閒步晃晃。病毒休兵時刻，他重拾了某些小娛樂，快速計劃美食之旅，有時慢慢騎著單車，巡田水似地閒晃。

我後來到台北讀書、工作，帶爸爸求訪大都市名醫，但痼疾仍舊反覆。歷時多年與皮蛇對峙，他面對其它頑疾如三高、胃潰瘍等，也不再如早年那般積極治療，以往他每年必做公教人員體檢，罹患皮蛇後對健檢是能避則避，認為知道病症反要限制飲食徒增煩憂，不如自在吃喝來得舒心。他也懶得定期回診拿胃潰瘍處方箋，眼不見耳不聞，心便能平靜，反倒是全家經常苦勸著要對症吃藥、按時就醫。爸爸屢勸不聽的態度像極了我教書時碰到的幾個學生。有次被爸爸這態度惹毛了，父女大吵一架，他索性把我趕回台北工作地。

有次視訊問爸爸的身體狀況，他恰巧在家門口散步，談起由於台北人來此置產、炒地皮，老家附近新建許多華廈，接著抱怨宜蘭成了台北的後花園，家裡附近的停車格一位難求，我將手機開成擴音，找了Google Maps空照圖輸入爸媽家地址，新建樓房如電玩遊戲「樂高世界」中疊起的積木屋。想起不久前返鄉，家門前的水溝重新整治，沒有昔日惱人的霉味，門口那兩枝長夾及木棍也呈現退休狀態，久站多年長了鏽斑，幾乎立成了兩尊門神。

視訊畫面裡，我瞄向爸爸頸項處皮蛇走過的暗沉棕斑，時日一久，經身體代謝，斑點的色階淡了些，散步的他將門口的木棍充作拐杖，持杖的佝僂身形這些年來被許多有形無形之物壓得扁扁的，好似昔日路上曬得乾硬的蛇身。我奢望這副身軀能夠如蛇一般地蛻皮。

指衣

指甲油，甲面上的輕衫薄衣。

嘗試過貼面、水性可剝式、blingbling亮澤，也曾依二十四節氣展現時令色彩，好友們讚嘆我的指上風情是本農民曆。有次仿效蜻蜓點水只鑲幾顆藍珠，給予指甲大片留白，家人戲謔乾脆別塗，殊不知視覺的挑逗如同穿比基尼，要遮不遮地、誘人窺視。

我媽是自然系女子，自種的蔬菜不灑農藥，提倡生機飲食，喜歡素顏，她不理解為何要在天然的手上給予不自然的加工？我有時對雙手是野生野放——接觸洗碗精、漂白水、魔術靈，以至於鳥爪漸生零星黃斑，肌膚乾裂，反倒是塗抹了甲油之後才會細心呵護，尤其從事教職後天天勤洗手上的粉筆灰，指、掌經常皸裂，才知過度洗手會洗掉肌膚外層油膜，也因此意識到手默默地在祈求主人的關愛。美甲師住我家附近，她會以刮磨棒修繕指甲外型長度、挑出肉刺，用海綿摩挲甲面的不平，將粗糙打磨得平滑，叮嚀做家事要戴手套，睡前抹護手霜。

蔻丹麗彩需要長一點的指甲來襯托顏色，當指甲留長個幾釐米，生活細節及動作反倒注意了起來，會小心翼翼地用指腹拈拿，此時味道就出來了：打字滑手機要微翹指尖，以指肉觸按；剝蝦時必須以指腹優雅地掀殼，生怕蝦身被甲尖粗魯地掐刺，碎殼鮮汁滲入甲肉之間，那可是餘味繞指。

媽媽常問，「為何浪費金錢塗抹容易掉色的指甲油？」易掉色的顏料才不會在手上永留化學藥劑啊，況且指甲油如同衣褲穿搭，可穿可脫，天天變化，每季都會有新款。

手幾乎是我的第二張臉，台下學生注視板書時，許多時刻也在注視字體及我比劃的手勢（不過有些學生純粹放空）。我們日夜洗臉，偶爾會請美容師護膚，想紓壓時，找間沙龍美髮按摩洗頭，美甲師對於日日打字、操勞家務的手是心靈及肉體上的療癒者，她瞭解且同理十指的辛苦，會以溫水浸泡我的手、去角質、剪指形，磨甲面、修整甘皮（靠近指甲根部的薄皮），再以柑橘精油按摩，彷彿呵護十個嬰兒。指甲比頭髮幸運，剪掉的每一根髮絲生前並沒有如此客製化的禮遇。

臉上痘子要冒不冒的少女時期，我一有壓力便咬嚙指甲，啃噬的觸感及聲音、重複以齒面摩擦甲面，彷彿內心積壓的鬱悶也被啃食殆盡。爸媽在我的指上抹辣椒、纏OK蹦全然無效，後來塗上防咬指甲液，那層厚厚凝膠讓我壓抑不了內心親吻它的渴望，然而吻的代價是口中留有抹不去的苦味。歷經很久很久，甲油彩繪及甲醛味才漸漸治癒我的口腔期。

那時，師長見到我的甲上蔻丹便以記過威脅，冠上不良之名，彷彿十根鮮麗彩指化做蜿蜒長蛇，引人步向歧路。色彩無罪，何以春日人們紛紛出遊賞花？淡彩麗色在在逗引我們的目光。我的經驗是靜靜地彩繪指甲、悅目的成品供自己賞玩，比起導師和我諮商數個小時來得更療癒。當然，裸面也是一種顏色，所以週末時，我會讓指甲回復本我，坦裎以對。

有人說，吃是為己、穿是為人，穿衣取悅了別人卻折騰了自己，我反倒覺得吃與穿都源於愛自己，鮮少人為了討他人喜歡，在甲面塗上別人中意的色彩，我們多半拿甲油在自己的膚質上比色對照，哪個色顯白？哪色有貴族風？哪款甲油不含甲醛兼有保護功效？指甲油是我們練習如何愛自己的小天地，點滴練習如何善待自己，在顏色裡忠於自我。

更換指甲油顏色全憑心情，有時一色住心便可天長地久；有時一覺醒來，便想還我本尊。面對美甲師或逛彩妝店，我常顯露詞窮：「我要……那個色。」「那個那個……也不錯。」但指甲油若只定調在色彩，不過是形式上的感官饗宴。好友經常以色呼之，如紅、棕、橘；有些以色號代稱，如某牌一三九號、二〇六號、三一七號，然而我們會在衣服上賦予情感，如出席宴會的香檳色緞面禮服、去沙灘打球的白圓領T、青春時期的藍制服，而非單單以尺寸號碼代稱。

有天，我在某牌指甲油找到等同詩籤的字樣。那陣子我常塗抹藕色，因為兩個幼兒總是輪番生病，哄睡他們後，我趕著批改學生作業、回覆家長訊息，家庭職場快壓垮雙肩。那款藕色指甲油瓶身打印上的句子是「帶自己，去更好的地方」。我熬夜打著教學教案時，十指將生活的彩度上了層釉。

有款紅酒色甲油，瓶身下方標上「當自己的女王」，為公司、家庭、小孩奔忙的女人，指上的一片天要讓渡給自己。同事被我洗腦後，每週一會抹上水色藍，我們相識而笑，因為那罐名叫「週一不憂鬱」。好友戀情失敗找我療傷，在小窩裡哭花了幾包衛生紙，我的安慰話語如卡帶唱片轉到底、又按重新播放，恰好包包裡有瓶肉桂色指甲油。我洗掉好友原先快掉色的指上斑駁，重新塗抹。不久她為了轉換心情，申請外調，我們許久沒聯絡了，但看著那瓶身的字「向從前借勇敢」，我總會想起她。

新冠疫情肆虐的那些年，我迷上光療，天然樹脂凝膠在甲上抹好、經LED照射後硬化，可以強化指甲硬度、矯正指形。我偏愛淺膚或淡粉，白天自然光照下來，顏色透亮；晚上市內燈光一照，閃亮亮的，竟有精緻明媚的妝感。擔心染疫的日子裡天天戴口罩，臉上悶出了許多小疹、手因為頻繁噴酒精而愈發粗糙，幸賴光療指甲，灰黯的日子裡，指尖有閃亮亮的光彩。

幾年前外國男星柴克．艾弗隆及雷神兄弟在ＩＧ曬出食指塗抹豔紅甲油照，眾人好奇硬漢巨星怎麼展現不符陽剛的形象？納悶為何只抹食指，且獨鍾此色？真相揭露時，我秒懂這既顯又隱的深意：美國每五個小孩便有一人在成年前曾遭侵犯，想藉此喚醒大家的關注。指尖的事，不只限於指尖。

這週我修剪指甲時，有些鈍有些利，我抹上護甲油重新彩繪，繪上美麗堅韌的薄殼。

鈕扣

曾誤食鈕扣緊急住院，此後除了學生制服，縫扣的衣物不會住進我的衣櫃，見他人緊鎖衣上第一顆扣子，彷彿束緊我的頸項，空氣慢慢稀薄，人聲漸遠。

大學時有麥當勞、百視達等工讀機會，由於制服上的鈕扣，我忍痛婉拒。大三暑假時得知半年後學校規定必須參加畢業旅行，行程安排參觀全台十間中學，教學實習教授規定全班務必要穿制服——卡其色大學服外套、白襯衫黑長褲。

距離畢旅還有好幾個月，我已經開始焦慮。爸媽說克服方法是正面迎擊，強迫盯視鈕扣、伸手觸摸。由於伴隨而來的頭暈和窒息感，我決定看醫生。爸媽覺得小題大作，我猜他們抗拒的主因是那個年代旁人總對精神科貼標籤。

當時我對台北的精神科醫院不熟，加上曾在家鄉掛過此科門診，我便返鄉就醫。家裡附近的大醫院只有兩間，一家精神科醫生外號「佛祖」，據說藥量太重，病患吃藥如嗑藥，常幻覺到極樂世界繞了一圈；另一家醫生毀譽參半，非關醫術，而是態度。

燈號亮起，我忐忑轉開門把。隔著口罩，無法判斷醫生的長相與歲數。

「都大學了，中學時沒制服嗎？還是常被教官記過？」

「呃……制服和運動服可以混搭。」

「什麼學校？管這麼鬆？」

「……」

醫生寫著草寫英文，Koumpounophobia，恐扣症。好難的發音。經解釋我得知是罕見的恐懼症。

「七千分之一的機率，可以去簽大家樂了。」

這說話方式，我想起關於他態度的負評。

就醫過程如常，例行問診、追溯致病時間及帶來的困擾。想建議醫生鬆開衣領第一顆扣子，那裝扮勒得我胸口緊繃，但醫生的嚴肅表情及白大褂代表的專業讓我不敢造次。我將眼神調往壁鐘。

高三時媽媽也曾帶我看診。那時即將聯考，時間以燃燒方式計算，我因畢業典禮須穿制服而焦慮加劇。也許是考試壓力，對扣子的排斥更甚以往。那次醫生開了高劑量抗焦慮藥及緩解自主神經失調藥。典禮當天，我在同學的攙扶下，身處夢境似地度過搖搖晃晃的現實，像極了電影慢動作。事後鄰居提及在診間看到我，爸媽淡淡地回：聯考壓力大，拿失眠藥啦。

醫生開立備用的抗焦慮藥，以為負評不少的他會說些不中聽的話：「非緊急情況不必服用，世上衣服那麼多。」

「可是……」媽媽想說什麼，就被醫生打斷。「當父母就是擔心太多，這孩子只是怪，而且是別人覺得她怪。害怕某些事物不一定有原因——雖然有些人真的有原因，有人生下來就怕香菜，有人莫名討厭臭豆腐，有人天生恐懼數學……」

我安心許多，不愛鈕扣就選別的款式，衣服不單單是塊布，穿上時還要能夠呼吸到自在，那份自在不只在口鼻，要在街巷、天空、腦子、心裡與所有面臨的人事物之前。

媽媽的眼神說了許多語言——這醫生沒效、耗時、燒錢，但我的真實感受是只要扣子不觸及身體，我也是正常人。

大四時，交往的他理解我的恐扣症。某天他母親邀我到台北希爾頓飯店喝茶。她是某名牌衣顧問。我們眺望街景時，她從飯店前身「金華」談到店內新設Tiffany迪斯可舞廳，頭輕輕搖擺，晃出了律動感，接著叮嚀出入五星飯店衣著不能馬虎，指了指她身上翻領衫的繁複手工、外罩羊毛開襟衫的羊隻品種。席間她拿出藕色絲襯衫要我試穿，縫製與扣子均是手工。

他面有難色，對恐扣症欲言又止，我暗暗踢他一腳，心想當成披肩也可以。

我的Hang Ten白T外披絲襯衫，稀飯配鵝肝醬般突兀。以衣服界定人是庸俗的，但面對交往對象，小事都成了大事。我想脫下襯衫，他母親上前幫忙扣扣子：「絲質材質要穿好，才能服貼顯現身形。」上扣動作讓我的血管壁繃緊、呼吸一窒，只能緊咬下唇慌亂點頭。

他母親指著自己的套裝，翻領衫上是手工黑蝶貝扣，據說製造扣子的那顆母貝還能孕育黑珍珠，光照下會折射銀珠光。

回程公車上，我趕緊脫衫收入包裡。後來幾次見面，他母親見我總是穿T恤，以為我不喜歡襯衫贈禮，我只好支吾談起恐扣症。

「這樣……不太正常吔。」她打量的眼光讓人不大舒服。接著她笑笑地表示想收回襯衫，重新改款，但胸前兩顆鈕扣不知何時鬆脫了。

找個相似的扣子託人縫上也許可行。幾週後午茶見面，我透露這想法，他母親喝口祛暑的白毫銀針，慢條斯理地問：「這款名茶，你上次說味道和烏龍差不多？」我愣愣點頭。不是在談鈕扣嗎？

「銀針是用手採嫩芽，另一隻手要小心摘掉芽旁的葉片，才能形狀像針而且顏色透白。品味嘛，就是這樣。」熱氣直衝雙頰，我將自己縮得比鈕扣還小，耳畔嗡嗡地聽她談起那件襯衫的扣子是親自到澎湖挑選的銀塔鐘螺，貝殼圓錐形，灰底綴著青斑，手工拋光打磨後閃著珠光，燈照下可見水波紋路。接下來的話好立體：「能穿與能不能穿出去是兩回事，沒有看衣服的眼睛，可能也不會欣賞人。」

原本已經感覺她不贊同我與她兒子太親近。衣服是如此明顯的語言，扣子、縫線繡著「我們多不同」的紋路，我竟然想以塑膠扣代替貝殼，是跑錯戲棚的演員。

後來與他在MSN偶遇，才知道他母親挑選銀塔鐘螺的澎湖是故鄉，她衣上的鈕扣材質都是貝類。「我媽很想念故鄉的海啦，她只是想把家鄉穿在身上、分享她的喜歡。」電腦游標閃了許久，我寫下：「這種喜歡好讓人窒息。」

與他分合幾次，他母親是原因之一，主因是他後來罹患身心疾病，他母親認為兒子的病是感染到我恐懼扣子的「不正常」。

我研究所畢業後曾向實踐大學服設系老師學習服飾畫，辨別布料屬性風格及製衣打版，瞭解手工鈕扣製做須選料、磨平、造型、打孔並拋光。那時我職場遇一位前輩，個性與當年送衣的他母親一樣，為別人設計好衣服版型、扣子，我甚至被質疑不懂得接納前輩的善意。真是我的問題？於是我努力說服自己：也許他母親贈予的不單單是一件手工製的昂貴襯衫，而是時間，漫長且無價。我試著去同理他母親當年的言行，但想到她聽到恐扣症的眼神，我最後還是放棄理解對方，那太折磨自己了。

我成家之後，聽說懷孕會改變體質，我稍微能接受衣上裝飾性的鈕扣，但襯衫仍是拒絕往來戶。有天讀賈伯斯傳記，得知他的恐扣症很嚴重，衣物不能綴有扣子，日常穿搭清一色是高領T，由於鈕扣跟按鈕相似，他想方設法將 iPhone 設計成觸控式螢幕，將手機唯一的 Home 按鈕設計成平面。

原來有這種病的我不孤單。

那天我恰巧穿著與賈伯斯相仿的黑色高領衣，伸伸脖子試圖拉出天鵝頸，胡亂想著一顆小圓扣的變身史，會不會我也有機會創造出扣子的前世與今生？

（本文榮獲第十九屆林榮三小品文獎，並由該得獎作品擴寫）

看牙

男人的職業讓我聯想到修路工人，嘴巴張開便呈現一座口腔城市——上下雙排店面或淨或污，明暗不一，往內延伸的衢道有時老舊壞損。男人拿著器械時而修補路面，時而探測地基是否鬆動。

我在媽媽的遊說下，答應與挖掘人們口內實相的男人見面。

眼前的他喝著氣泡水，水裡浮著一片檸檬，M型瀏海略略垂至眉眼，我點熱咖啡。可能是天氣太冷，張口便能呵氣成霧，也可能是咖啡的蒸氣，他單眼皮、扁鼻薄唇的白淨輪廓在氤氳中些微模糊。我淺嚐一口藍山，深褐液面映出我低頭時、緊蹙的雙眉。不太清楚這樣的表情是出於略帶酸苦的咖啡，或是這次會面。

對方忘記帶名片，我笑笑說沒關係，一張宣揚階級的小紙片，不過是再次強調名字與職業。在中學任教的我，皮夾裡沒有名片這類「象徵物」。會知道對方的背景是因為媽媽，她總認為女人三十而慄（事實上我離三十歲還有好些年，媽媽總喜歡算虛歲再化零為整），擔心我會孤寡終老，常翻著相親冊子：「你大姨的朋友介紹的，陳□□，牙醫師，好好把握，小你一歲，媽媽很開明，娶某大姊坐金交椅。」

我不知如何「把握」，感情是伸手抓取就能牢牢地握在掌心嗎？以前幾次的經驗是愈想抓住對方，反而愈沒有空間容納彼此。

男人以細匙攪動氣泡水裡的檸檬片，我逕自將那根湯匙想像成他工作時的工具，那是毋須言語便能讓人驚駭、噤聲的器具：牙結石剔刮器、鉗子、鑷子、雙頭探針……

「喝這麼燙的咖啡，對牙齒不好吧？」

飄遠的思緒被眼前的低沉嗓音拉回。牙醫師眼中只有病人與非病人吧，也許對方答應相親只是想多招攬一些客戶。

會面前一週，我因臼齒痛，右頰微腫，回固定診所治療蛀牙時，發現鄰近就有兩家媲美百貨櫥窗的牙醫診所彼此競爭。我定期看診的老牙醫熟識多年，診所位於新店捷運線出口的熱鬧街尾（那時捷運新店線剛通車不久，以前沒有捷運是從師大搭公車轉車），進門處的淨透玻璃窗貼著朱唇貝齒的女模臉部特寫，每顆牙如打磨晶亮的拋光磚，鮮明廣告字體寫著：「陶瓷美白特價優惠」、「齒顎矯正讓你擁有黃金微笑曲線」。我摀著微腫的右頰，蛀蝕多年的臼齒，連日伸出爪牙肆虐周遭神經。我再喝口藍山，心中納悶除了看診不得不之外，私下結識的人也是從事這一行？

「咖啡容易留下牙菌斑。」男人的聲音讓我自疑是否錯點了飲料？難怪他點可頌配氣泡水。

相親場合兩人話都不多，我試圖搬出對方熟悉的話題：口腔衛生、牙齒矯正、談自己近日牙齦流血、媽媽的牙周病，不知情的人約莫以為我在就醫諮詢或職前訓練。他只淡淡地說：「下班時間，想談些下班後的事。」

我藉口如廁，也許補妝一下、能修補彼此話題無法填滿的縫隙。鏡前映照出我的黑髮披肩，雙頰底妝因出油而脫落，右頰因根管治療而微腫。我以掌拍拍下巴，試圖消除豐腴的雙層肉。

回到座位，才想起方才嘴饞，咖啡添了許多糖，擔心已經做了兩次根管治療的臼齒會鬧脾氣，它得結束與糖的甜蜜關係，才能擁有幸福。

回到台北租屋處，北上看我的媽媽坐在餐廳，一片片撕著豌豆夾兩旁的纖維絲，這樣的沉默讓我感受到她內心想說得更多。我正找尋安全話題，媽媽先放出了話題線頭。

「如何？」

「如果你想看牙，我幫忙打電話問問可不可以臨時加掛，老人家可能有優惠。」

不料媽媽當真了，她想治療牙周病，也想看看「理想中的女婿」。

隔天我鼓起勇氣撥打手機，話筒彼端，男人如同那天寡言，沒有客戶上門的熱絡，清清冷冷地建議：「如果牙齒對冷熱敏感，偶爾會痛，先就近看診。」

一週後，媽媽要我換到相親男的診所回診，但先掛別的醫生。意思是，去探路，不要嚇到對方。我對這想法嗤之以鼻，何必去打擾人家的生活？偏偏臼齒無預警地隱隱作痛，原先固定看診的老醫師出國了。

那裡的環境是我從小至今見過最沒有醫院感的診所，推開櫥窗大門，悠揚鋼琴聲流瀉，明黃色拋光磚透著暖意，沒有刺鼻藥水味和死白裝潢，櫃台小姐親切地將我帶到診療椅。

不久，一位著深紅色護理師服、外罩粉色圍裙的男助理遞來開水要我漱口。第一次看診，對少見的男性牙醫助理感到訝異。太詫異了——儘管戴著口罩、頭罩，但那聲音、眼睛、身型……他接過我的杯子後往診所裡頭走去，我忽然懂了方才那明暗不定的眼神。護士詢問病史時，我不經意地稱讚診所男牙助女護士的暖色系制服。「幾乎每個病人都這麼說，這顏色男女老幼都適合。」護士的聲音聽起來有果糖味。

「今天哪裡不舒服？」牙醫師幾分鐘後來到我身旁，男牙助在一旁持械待命。醫師著透明手套的指頭觸碰我的唇時有股塑膠味，我懸想即將伸入口中的冰冷針頭以及鑽磨牙齒的高頻音波，而自己的嘴巴要在相親對象面前「啊——」地張嘴，這些鑽磨器要刨開我的包裝。

或許想轉移對吱吱作響器具的恐懼，我趁紗布未罩上臉之前，偷偷打量牙助，但他被牙醫師擋住了，我只能看見醫師口鼻上罩的透明厚鏡片，仰躺的我細數鏡片後方游進的魚尾，明亮燈光下，醫師的頭頂也是明亮一片，脖子垂得離我只有一肘之距。我正打量得仔細時，牙醫師一聲令下，牙助在我臉上罩下紗布；又一聲「撐齒器」，我嘴周皮膚、神經扯得僵硬。不用看到眼前的一切，竟莫名地鬆口氣。

「鑷子」、「探頭」、「一號夾」……眼睛看不見時，耳朵愈發敏銳，牙醫師的菸嗓每隔幾分鐘便傳喚著簡短名詞，只聽得男牙助「嗯嗯」回應及不知是誰的呼息聲。相親是這麼回事吧，一方戴口罩，一方覆面罩，未深交前，一張名片幾句資料便以為是一個人大致上的樣子。一個刺痛中斷我的思緒，尖利長針吱吱探入臼齒中央，鑽鑿油井般往深處挖掘。

距離感是微妙的心覺。我在異鄉讀了幾年書，因長途電話貴，與家人每週只通話一、兩次，話筒彼端只一聲：「喂……」便緊繫了兩端的連結。我有段時間每週和老牙醫碰面，就診時，他一手碰觸我的唇，另一手伸入口內探測，這是種親密的體感溫度，然而醫病關係終究如臉上紗布，隔開了彼此。

「小姐，你牙垢好厚，喝完咖啡或茶要快去刷牙，好多顆牙齒都蛀黑了，找時間來補，不然拖太久又要抽神經……」在牙醫師、牙助、護士面前，人已無分美醜，紗布遮掩之下，露出了口內的斑黃或蛀黑、一堆流淌的唾液、未及時清掃的菜渣、腐臭血腥味，還有針尖探頭鑽入牙根的唉嚎。

當晚返家後，媽媽追問後續。

「媽，醫師旁的助理是男的吔。」

媽媽聊到牙助是遞器材當活動支架，薪水比外送員低，女的牙助還可以嫁醫生。我反駁，「男牙助也可以娶女醫生啊。」媽媽樂觀地以為我跟牙醫師有些進展，在討論未來開業要招聘的人。

我走到浴室漱口。鏡前，右頰微腫，張口時右齒仍然脹痛。那個人看盡我張嘴咧牙時的黑垢與蛀蝕，我也知曉那副口罩背後深藏的菌斑。我用力撐開嘴，取出根管治療時塞在臼齒上的紗布，被阻塞的腐臭氣味在口鼻之間飄散。

我嗽口多次，直到吐出的殘液不再有血水。回到客廳小啜幾口水，淡淡的腥氣被吞嚥後，回到了水的味道。杯子的水裡，我彷彿看到男牙助努力藏好自己的身影。

子宮耳朵

因失眠求助中醫，女醫師消毒耳廓、在穴位上針灸，「你的耳廓外形很像子宮，洞內住著一個頭朝下的小嬰兒。」耳裡有胎動，聽來格外新鮮，她繼續說，「耳朵是人體的縮影，幾乎所有臟器的變化都能從耳朵上辨識。」

我想到人們談起某嗓音美得讓耳朵懷孕，是否源自耳形？夜深靜悄時，吞嚥唾液或開水，耳畔常敏感地鼓脹著呼嚕聲，莫非耳裡蓄著一池羊水？胎兒仰泳其中，浮沉搖晃。

比起視覺，我更習慣藉由聽覺認識外在，彷彿胚胎初始、窩身於母體，隔著羊水、皮膚、衣物，在幽閉空間伸出聆聽的觸鬚，揣測事物形狀。小時我常獨自在家，靜待二樓時，樓下一樓發出丁點兒聲響便彷彿井底回音。我將聽覺神經攤成一張網，鄰人敲打榔槌，寒暄、垃圾車與〈少女的祈禱〉混音，小販吆喝修理紗窗紗門……當機車篤篤聲響起，我便收攏音網，聚焦車子騎進庭院時、震動耳膜、停靠耳道前庭，引擎熄火前，排氣管發出卡痰音。我確定爸爸回來了。

婚後定居台北，大廈裡我只認得同層住戶，上下樓鄰居與我彷彿活在平行宇宙，但某聲響卻能穿越空間維度在我耳內碰撞，與宜蘭爸媽家獨棟建築的聽感迴異。

五官中，耳是開放空間，眼瞼垂下、口閉、屏息，便能抵擋景象事物氣味鑽入；唯獨耳朵的守門員最為鬆懈，再密實的耳塞也擋不住突襲的擦邊聲。新婚後才發現，每晚九點左右，家裡天花板便響起金屬刨刮及動感韻律，時有不鏽鋼落地、機器攪打麵糰的拍響、高速果汁機旋轉、雙腳彈跳及類似皮索有節奏地唰唰拍地——這是跳繩或是揮鞭？

這些躁動刮著我的耳膜與腦神經。持續四、五十分鐘。持續好幾年。這個時間點兒女寫著功課，做完家務的我苦思隔日的教學教案，好不容易快要孵出完整的字句、卻經常被樓上的聲響擊碎；乾脆看劇轉移心情，友達到戀人間的男女主角正想曖昧地牽起手，樓上碰碰跳響震破了粉紅泡泡。工作繁忙的先生多半在我快要關燈入睡前才開啟家門，深夜的靜，讓先生難以想像樓上的「熱鬧」。

晚上十點後，樓上的碰撞彈跳聲漸歇。我關燈，想關掉腦中雜緒。幾次想投訴抗議，都礙於不好意思而作罷，始知不能安眠的原因之一是耳內敏感如胎動，讓聲音與想像在內心螢幕裡搬弄出一些是非。

去年聖誕，管理中心向住戶徵求改進意見，我鼓起勇氣向管委會寫了封陳情書，遞交那一刻脖頸泛紅、臉頰發燙，熱氣直往頭頂冒，內容提及樓上長期以來的噪音導致我失眠焦慮。在以和為貴的社區，投訴如巨石投水，濺起的水花一圈圈盪開。我家信箱投來多封不熟的鄰居的信，或鼓勵「樓上是惡鄰，支持你。」或勸說「噪音響起時就外出散步或唱歌追劇，忍一忍就過去了。」或質疑「以前的房客都沒有意見，會不會是你太敏感？」有封信推薦身心科診所。

事後我才知道陳情書這檔事，文學用詞是無用的，必須運用科學、邏輯、條列、數據，詳列噪音響起的年月日時，佐以分貝數，也要到身心科就診，細舉看病次數、藥名劑量及醫生證明，「很吵」「擾人」「煩躁」等心情描述是沒有量尺標準的抽象形容、無效舉證。然而我想好好睡一覺的時間都不夠，何來餘力蒐證？

山路都不轉，只好自己轉，樓上開始製造聲響，我便追輕鬆的美劇，練習荒廢的英語。如此一年、三年……竟熬過多年。今年春節期間，已過子夜三刻仍不聞碰撞聲，先生開心地翻身酣睡，我竟輾轉難眠。因為太安靜導致失眠，成了家人的笑柄，他們說樓上傳送的吵雜是一只鐘，提醒我開啟睡眠模式。也許有些人的鐘沒有數字，某種特定聲響便是鐘的刻度。我年輕時常苦惱枕邊人的鼾聲如牛，歷經多年求診，藥物使先生一度能安睡，但過度悄靜倒讓我頻頻起身探其鼻息，無眠至曙色微亮。

女中醫師聽聞我的失眠緣由，打趣說我的耳裡住著寶寶，胎兒都喜歡熟悉的氣味與聲音，才能安心。

新聞報導中，有位孕婦回診照超音波，腹內胎兒聽到診間熟悉旋律，竟跟著節奏揮舞，彷彿試著將聽到的聲音和自己動作進行連結。是否多年來，樓上在亥時以前發出的聲響已在我體內播撒一枚種子，且長出四季，而我在今年年節眾聲進入冬眠時，才驚覺一切都太靜了。

那天子夜，深感樓上突然消失的聲音多麼具有存在感。我如胎兒，靠著聽覺猜測、或確定某些事物，聲響於我而言是個安心入睡的指令，如同催眠師發出個噹聲。生活中也存在特定聲響，形同鈕扣，恰恰好嵌進衣物的孔眼，才能完成穿衣儀式。

耳穴療程每週回診。看不見醫師下針手法，只覺手指及細針在耳膚上觸摸、扎刺，窸窣響音似乎喚醒了胎兒，仰泳的寶寶伸出手指，這揮那抓。我望著診間窗外，暗色街道的路燈似乎也呢喃著什麼。

老花園

我不是在鏡子裡發現自己老，而是在閱讀書報及使用手機時，原本清晰的橫與豎忽然溺水，只好把書本湊近鼻前，字體卻像裹了勾芡，得將書本拉遠，字才能一一浮現。以前自詡視力好，如今瞇眼，近距離的風景人物全都起了霧，戴上老花眼鏡，近物清晰，霧霾反倒在遠方。

自從四年前女兒到台中讀書，我使用手機的頻率暴增，訊息往來、互拍各自的城市街道或著名餐廳、網紅景點。女兒有次拍攝台中著名的花鳥川檸檬千層蛋糕，隔天這家甜點便宅配到家。印象極深是她傳到家庭群組的中橫旅遊照，風景絕美。「北宜公路比較美啦。」女兒這話勾起了以前我常帶著她往返台北和我爸媽家宜蘭的歲月。

暴增的手機訊息加重了雙眼的負擔。戴眼鏡看書，清晰卻酸脹，眼睛容易疲倦，昏沉比清醒時間長。日日，我翻找忘了身處何地的眼鏡，渾然不記得正架在額上。小時曾納悶我媽為何在鏡框繫上金鍊，如今我正體會眼睛老花、記憶老化時常結伴而來，郊遊踏青一般。

先生近視，看書換上老花，遠望則須戴上近視眼鏡。他想靜心，不想與我爭執時，索性什麼也不戴，遠與近一律迷茫，閉眼聽歌，花在他心中盛放。

髮可染黑，皺紋剋星是肉毒，孱弱身體可賴運動改善，打扮能喬裝年輕，但在視力面前全都破了功。有次我忘了帶老花眼鏡，將資料拿至一臂之遙閱讀，視力正常的同事恍然：「哦，老花。」辦公室不少人已是「迷霧聯盟」，我的盟友與日俱增。

不久前搭捷運，撿到一副眼鏡交付服務台，回家才發現自己放在口袋內的老花眼鏡不知去向，撿到別人的、卻遺失自個兒的。恰逢眼鏡行老闆出國旅遊，只得暫時裸視，遠望一山一木仍清晰，但須近觀的事物太多了，日子只好過得籠統，約略掌握事物輪廓。迷濛的生活太不便，看不清駛來的公車號碼，猛然發現該上車時，它已遠離；數字1誤為7、英文字I看成T，手機字體小如豆，生活因視力不清而波濤迭起，名片看錯、菜單誤讀、讀書吃力、不能俐落剪指甲打電腦……我被廢了武功，只能稱臣，向年紀俯首。

失去習慣的視力及眼鏡，我也得到一些東西。觀物無法求精細，久之，因為不求細，心境反而寬敞。矇朧日子我不便天天打掃，四周看似潔淨，少挑剔女兒從外地回來帶了一堆宿舍雜物，房間亂如草；也少抱怨兒子書寫潦草，他的作業字體看起來是隨意蠕動的爬蟲動物。

與先生的爭執也少了許多。婚前我們戴上放大鏡交往，婚後，放大鏡成了顯微鏡，言語舉止纖毫畢現，我們爭吵，為了一絲一線，眼睛求微觀，心便無法宏觀。失去眼鏡，隔了層霧看他，眼前渾沌，糊化彼此的稜角。「視人不清」成了我生活的軟化劑。

年前，影后張曼玉為答謝影迷，毫不介意戴上老花眼鏡簽名，附上祝福語。

公眾人物大方認老，何況我這看不清也看不遠的平凡婦人？我若能對日常細節模糊看待，待人寬一些，感念他人時，戴上老花，看得牢一點，這便是「老花」的進化吧。

近日，我媽想替健忘的我在眼鏡邊繫上金鍊，她向來嚴肅，晚年竟是和許多老人一樣、臉部線條變柔軟，我覺得不可思議。與她閒聊後發現媽媽與老人們的眼裡都佩戴了一朵花。

穿上人字拖

看世界的方法 294

作者 —————— 林佳樺

責任編輯 ———— 蔡旻潔
封面設計 ———— 吳佳璘

發行人兼社長 —— 許悔之
總編輯 ————— 林煜幃
設計總監 ———— 吳佳璘
企劃主編 ———— 蔡旻潔
行政主任 ———— 陳芃妤
編輯 —————— 羅凱瀚

藝術總監 —— 黃寶萍
策略顧問 —— 黃惠美·郭旭原·郭思敏·郭孟君
劉冠吟
顧問 ———— 施昇輝·宇文正·林志隆·張佳雯
法律顧問 —— 國際通商法律事務所
邵瓊慧律師

出版 —————— 有鹿文化事業有限公司｜臺北市大安區信義路三段106號10樓之4
T. 02-2700-8388 ｜ F. 02-2700-8178 ｜ www.uniqueroute.com
M. service@uniqueroute.com

製版印刷 ———— 鴻霖印刷傳媒股份有限公司

總經銷 ————— 紅螞蟻圖書有限公司｜臺北市內湖區舊宗路二段121巷19號
T. 02-2795-3656 ｜ F. 02-2795-4100 ｜ www.e-redant.com

ISBN —————— 978-626-7603-38-3
初版 —————— 2025年8月

定價 —————— 400元

穿上人字拖 / 林佳樺著 一初版．一 臺北市：有鹿文化，2025.8 面；14.8×21 公分 一（看世界的方法；294）
ISBN 978-626-7603-38-3（平裝） 863.55 …………114010119

讀者線上回函

更多有鹿文化訊息